Treize contes
du Royaume de Lailonie

La publication de cet ouvrage a reçu le soutien de
la Fondation Jan Michalski pour l'écriture et la littérature
à Montricher

FONDATION JAN MICHALSKI
POUR L'ÉCRITURE ET LA LITTÉRATURE

© 2015 Editions de L'Aire, Vevey
Graphisme: Jean-François Tiercy

Leszek Kołakowski

TREIZE CONTES DU ROYAUME DE LAILONIE

*Traduit du polonais
par Christophe Cadoux*

*Illustrations
d'Alphonse Layaz*

Editions de L'Aire

À LA RECHERCHE DE LA LAILONIE

Nous avons passé, mon frère et moi, beaucoup de temps à chercher le royaume de Lailonie. Nous avons d'abord demandé à nos amis s'ils savaient en quelle contrée se trouvait ce royaume. Mais personne n'a su nous répondre. Et puis, nous avons interpellé des inconnus dans la rue en leur posant la même question. Mais tous haussaient les épaules, incapables de répondre. Nous nous sommes mis alors à envoyer des lettres à toutes sortes de gens réputés pour leur sagesse et leur savoir livresque, et qui devraient donc savoir où se trouve un tel pays. Tous nous ont répondu avec bienveillance, en exprimant toutefois leurs regrets de ne pouvoir nous aider, car aucun de ces savants n'avait la moindre idée où situer la Lailonie.

Cette quête nous a pris beaucoup de temps, mais pour rien au monde nous ne nous serions résignés. Nous avons acheté tous les globes et toutes les cartes que nous réussissions à dénicher, qu'elles soient neuves ou vieilles, belles ou laides, précises ou vagues. Pendant des journées entières, nous étions penchés sur ces cartes, cherchant la Lailonie, et quand nos investigations se révélaient infructueuses, nous repartions en *ville à la recherche de nouveaux documents. Notre appartement devint tellement encombré d'atlas, de globes et de cartes qu'il était presque impossible de s'y mouvoir. Nous avions certes un appartement confortable, mais il n'y avait pas assez de pièces pour contenir tant de papiers et de globes. Ainsi, pour pouvoir entreposer les nouvelles cartes que nous nous procurions sans cesse, nous nous sommes mis à déménager les meubles, jusqu'à ce qu'il n'y ait plus rien dans l'appartement, si ce n'est les cartes et les globes. Et comme malgré ces aménagements, mon frère et moi avions de la peine à nous frayer un passage, nous avons commencé une cure d'amaigrissement à l'aide de divers médicaments afin d'occuper le moins de place possible. Nous mangions de moins en moins, devenant de jour en jour plus maigres, à la fois pour pouvoir nous faufiler plus facilement entre nos documents encombrants, mais aussi parce que l'argent nous manquait pour acheter de la nourriture. Nous dépensions toutes nos économies pour acquérir atlas, globes et cartes. C'était un travail vraiment difficile qui nous a pris d'innombrables années. Nous ne faisions rien d'autre que de chercher le royaume de Lailonie.*

Enfin, après de longues années, devenus vieux et chauves, un coup de chance a récompensé notre inlassable labeur. Sur l'une de nos innombrables cartes, nous avons découvert le nom tant recherché : LAILONIE. Nous avons explosé de bonheur. Nous nous sommes mis à danser et à chanter, et ensuite nous sommes sortis en courant dans la rue jusqu'à la pâtisserie voisine, où nous nous sommes offert un morceau de gâteau et une tasse de thé. Nous avons longtemps bavardé sur notre bonne fortune et nous sommes rentrés heureux à la maison, afin d'examiner encore une fois notre découverte. Mais là, à nouveau, un terrible malheur nous a frappés. Manifestement, pendant nos sauts de joie, nous avions éparpillé nos livres et nos papiers, qui s'étaient mélangés à tel point que malgré tous nos efforts nous n'avons pu retrouver la carte où nous avions souligné le nom de « Lailonie ». Nous avons fouillé l'appartement pendant des jours et des semaines, nous avons remué chaque papier – en vain. Comme si la carte s'était dissoute dans l'air. Je vous assure que nous n'avons rien négligé et que notre recherche a été poursuivie avec minutie. Mais, malgré nos efforts, nous n'avons pas réussi à retrouver notre carte.

Nous étions épuisés et découragés, car tout portait à croire que nous ne réussirions jamais à atteindre notre but. Mon frère est devenu tout pâle, et moi presque chauve. Nous n'avions plus la force de poursuivre nos recherches et nous nous plaignions de notre destin qui nous avait si cruellement abusés. Nous avions déjà perdu presque tout espoir de découvrir la Lailonie, quand un nouveau coup de théâtre s'est manifesté. Un beau matin, le facteur est arrivé chez nous avec un petit colis qu'il avait à nous transmettre. Nous avons aussitôt signé le reçu, et c'est seulement après le départ du facteur, que nous avons regardé le nom de l'expéditeur. Imaginez notre émotion quand sur le timbre nous avons lu en toutes lettres : LAILONIE. Nous en avons eu le souffle coupé et sommes demeurés un instant interdits. Mais mon frère, qui est un homme intelligent, s'est écrié tout à coup : « Courons après le facteur, il doit savoir, lui, où se trouve la Lailonie, puisqu'il a reçu ce colis. » Nous avons alors dévalé les escaliers à toute allure et rattrapé le facteur avant même qu'il ait atteint le rez-de-chaussée. Nous nous sommes jetés sur lui avec une telle passion que le malheureux a pensé que nous voulions lui faire la peau. Mais nous lui avons tout de suite expliqué de quoi il s'agissait.

— Malheureusement, Messieurs, a dit le facteur, je ne sais pas où se trouve la Lailonie. Moi, je ne fais que distribuer les colis, et mes connaissances géographiques se limitent aux quelques rues de ma tournée. Mais le chef de la poste, lui, devrait savoir.

— Bonne idée, s'est exclamé mon frère, allons le trouver.

Nous avons joint sans aucune difficulté le chef de la poste. Il nous a accueillis avec chaleur et amabilité, mais après avoir entendu la raison de notre venue, il a levé les bras au ciel, impuissant.

— Non, Messieurs, je ne sais vraiment pas où se trouve la Lailonie. Je ne connais que la géographie de mon quartier. Mais je vais tout de même vous donner un bon conseil. Allez chez le Chef Suprême de la poste, qui reçoit les lettres et les paquets de l'étranger. Lui, il doit savoir.

Nous nous sommes alors rendus chez le Chef Suprême. Mais cette fois-ci, cela n'a pas été aussi facile, car le Chef Suprême avait beaucoup de travail. Il était très occupé et ne pouvait nous recevoir immédiatement. Nous avons dû dépenser d'importants efforts, faire des démarches, supplier, téléphoner, obtenir des laissez-passer et remplir maintes requêtes. Cela a duré longtemps, d'innombrables semaines en fait, mais nos efforts n'ont pas été vains et le Chef Suprême a tout de même accepté de nous recevoir. Comme il était très occupé, il nous a fixé un rendez-vous à cinq heures du matin. C'est pourquoi, craignant de dormir trop longtemps (nous n'avions plus de réveil, car nous l'avions vendu pour acheter des cartes), mon frère et moi n'avons pas fermé l'œil de la nuit et, sur le chemin de la poste, nous étions somnolents et épuisés. L'espoir et la joie nous emplissaient malgré tout le cœur, car nous étions convaincus que nous allions enfin toucher à notre but.

Le Chef Suprême lui aussi s'est montré très charmant et bienveillant. Il nous a offert du thé et des gâteaux de pain d'épices, et il a écouté notre requête avec patience. Ensuite, il a secoué la tête.
— Ah! Messieurs, a-t-il dit, je comprends fort bien votre inquiétude. Mais voyez-vous, j'ai tant de soucis en tête, que je ne peux me souvenir de tout. Il y a dans le monde d'innombrables pays et je ne peux me souvenir de chacun d'eux. Je ne sais pas où se trouve la Lailonie.
Le désespoir allait déjà s'emparer de moi, à nouveau tous nos efforts semblaient avoir été d'un coup anéantis, mais mon frère, en homme sensé, s'est écrié:

— Mais, dans ce cas-là, cher Chef Suprême, l'un de vos subalternes doit savoir où se trouve la Lailonie, car eux, ils ont moins de soucis en tête que vous et ne doivent s'occuper du courrier que de quelques pays.

— Ça, c'est bien pensé, a admis le Chef Suprême. Je vais à l'instant téléphoner à mes quatre adjoints afin de savoir qui possède la Lailonie sous sa juridiction. Il a appuyé sur le récepteur téléphonique et a déclaré : « Mettez-moi en contact avec le directeur des affaires du Sud. » Quand celui-ci fut en ligne, il lui a demandé : « Monsieur le directeur, est-ce que l'État de Lailonie se trouve au Sud ? » « Non » a répondu catégoriquement le directeur, « cela doit être ailleurs ».

Quelques instants plus tard, le directeur des affaires du Nord nous a répondu la même chose, de même que le directeur des affaires de l'Est. Alors, nous étions persuadés que le directeur des affaires de l'Ouest saurait nous répondre, parce que la Lailonie doit forcément se trouver quelque part. Mais à notre question, le directeur des affaires de l'Ouest nous a répondu :

— Non, pas du tout, la Lailonie ne se trouve pas à l'Ouest. Cela doit être ailleurs.

Alors, le Chef Suprême, résigné, a déclaré avec un haussement d'épaules :

— Vous voyez, Messieurs, aucun de mes adjoints ne peut vous renseigner sur la Lailonie.

— Mais nous avons reçu un colis de là-bas, ai-je répondu (car moi aussi je suis intelligent, quoique pas autant que mon frère). Quelqu'un a donc dû apporter ce colis, et il doit à coup sûr savoir où se trouve la Lailonie.

— C'est très possible, a répondu le Chef Suprême, c'est très possible que quelqu'un le sache. Mais moi, cette personne, je ne la connais pas.

Cette réponse nous a rendus très tristes, mais une autre idée est encore venue à l'esprit de mon frère.

— Monsieur le Chef Suprême, peut-être existe-t-il un Chef Suprémissime qui serait omniscient?

— Le Chef Suprémissime, répondit le Chef Suprême, saurait en effet où se trouve la Lailonie, mais malheureusement Il est parti.

— Et quand reviendra-t-Il?

— Le Chef Suprémissime ne reviendra jamais, a répondu le Chef Suprême, affligé. Il est parti pour toujours.

— Alors, il n'y a plus rien à faire? Personne, absolument personne ne sait où se trouve la Lailonie?

— Je suis incapable de vous répondre, a dit le Chef Suprême, en nous faisant signe que l'audience était terminée.

Nous sommes sortis en larmes et nous n'avions même pas de mouchoirs de poche, parce que depuis longtemps nous nous en étions débarrassés afin de faire de la place dans notre appartement pour les cartes et les globes. Nous avons alors déambulé au hasard des rues, nous essuyant les yeux du revers de la main quand, devant la porte de notre maison, mon frère s'est tout à coup arrêté.

— Écoute, a-t-il dit, le Chef Suprême a interrogé les quatre directeurs les uns après les autres. Mais il est possible qu'il y ait cinq directeurs sous son autorité et peut-être qu'il a oublié l'un d'eux.

— Il a appelé les directeurs du Sud, du Nord, de l'Est et de l'Ouest, répondis-je. Penses-tu qu'il y ait encore d'autres points cardinaux ?

— Je ne sais pas, a répondu mon frère, je ne sais vraiment plus, mais il n'est pas exclu qu'il y en ait cinq, ou même davantage.

— Alors nous devons retourner auprès du Chef Suprême afin de nous en assurer.

À nouveau, un fébrile mais vivant espoir nous a illuminé le cœur. Nous sommes retournés à la poste en courant le plus vite possible. Mais il s'est avéré que le Chef Suprême était occupé et qu'il ne pouvait plus nous recevoir. Il n'y avait alors rien d'autre à faire que de recommencer les mêmes démarches pour obtenir une nouvelle audience. Cela a duré très longtemps. À nouveau les requêtes, à nouveau les téléphones, les autorisations, les prières. Mais cette fois-ci, nos efforts se sont révélés inutiles. Le Chef Suprême a déclaré qu'il avait beaucoup de travail, qu'il nous avait déjà reçus une fois, qu'il avait fait ce qu'il pouvait et qu'il était incapable d'en faire plus.

Il n'y avait plus aucune solution. Nous avions tout essayé, mais toutes les voies étaient closes désormais. Nous avions tenté tout ce qui avait été possible de faire et ne voulions même plus chercher sur les cartes. Nous ne quittions plus *notre appartement et nous sanglotions dans notre coin en silence.*

Maintenant, nous voilà vieux. Nous n'apprendrons sans doute jamais où se trouve la Lailonie et, à coup sûr, jamais nous ne la verrons. Peut-être cependant quelqu'un d'entre vous aura plus de chance. Peut-être qu'un jour quelqu'un réussira à atteindre le royaume de Lailonie. En partant là-bas, apportez en notre nom un bouquet de capucines à la reine de Lailonie et racontez-lui comment nous avons tant désiré atteindre son royaume et comment nous avons échoué.

Mais, j'allais oublier de vous dire ce qu'il y avait dans le colis que nous avait apporté le facteur. Bien entendu, nous l'avions aussitôt déballé. Le colis contenait un bref billet, dans lequel un habitant de Lailonie, un certain Ibi Uru, nous faisait savoir qu'il avait appris notre intérêt pour son pays et que par conséquent il nous envoyait un petit recueil de contes, anciens et nouveaux, qui étaient bien connus chez lui. Ce recueil était joint à la lettre. Pour notre malheur, notre correspondant avait oublié d'écrire où se trouvait la Lailonie et ne nous avait laissé aucune adresse où nous aurions pu lui répondre. Ce recueil de contes, nous voulons aujourd'hui le faire découvrir, afin que tous puissent apprendre quelque chose sur la Lailonie, pays que nous n'avons pu trouver sur aucune carte.

Treize contes du Royaume de Lailonie

Pour petits et grands

Les bosses

Quand Ajio, un casseur de pierre qui travaillait sur un chantier routier, tomba malade de la « bosse », quatre médecins se réunirent pour discourir de sa maladie. Il ne faut pas croire que telle était la coutume en Lailonie. Le cas d'un casseur de pierre n'intéressait pas forcément autant de médecins. Non, le plus souvent, aucun d'eux ne s'en préoccupait. Et si cette fois-ci ils étaient si nombreux à s'être réunis, ce n'était pas pour Ajio en particulier, et encore moins parce qu'il était un casseur de pierre, mais parce que sa maladie était étrange ; or, les médecins apprécient les bizarreries, comme la plupart des gens d'ailleurs. Quant à l'étrangeté de cette maladie, elle ne résidait pas dans la bosse elle-même, parce qu'une bosse n'est en soi pas du tout étrange, mais au contraire une maladie fort banale. Elle tenait au fait que ce n'était pas une bosse ordinaire, mais une bosse-monstre, une bosse-rare, une bosse-qui-n'apparaît-qu'une-fois-tous-les-cent-huit-ans-dans-toute-la-Lalonie-et-peut-être-même-plus-rarement-encore. Cette bosse, croissant et grossissant sans cesse, commençait à se couvrir de nouvelles pousses et de divers membres extraordinaires qui, avec le temps, commencèrent à ressembler aux différentes parties du corps – aux mains, aux pieds, à la tête, au cou, au ventre, aux fesses (c'était, il faut le préciser, une bosse dite cryptogène, terme qui met bien en valeur une propriété fondamentale et indéniable de ce genre de bosse, à savoir que les médecins n'ont aucune idée de son origine).

Les médecins, donc, se rencontrèrent et délibérèrent pour savoir s'il était possible de guérir Ajio de son étrange bosse. Alors qu'ils s'étaient tous réunis dans un cabinet spécial (sauf Ajio, naturellement), un vieux médecin déclara :

— Mes chers confrères, reconnaissons avec franchise que la médecine est impuissante devant un tel cas. Il y a cent huit ans, notre illustre prédécesseur, le chirurgien Tête-Plaintive, a décrit un cas identique, et lui non plus n'avait trouvé aucun remède. Et si cent huit ans plus tôt, on n'a pas su guérir ce type de bosse, il est d'autant plus certain que nous nous n'y parviendrons pas non plus. Jadis, en effet, les hommes étaient bien plus intelligents qu'aujourd'hui.

— Alors, que devons-nous faire ? demanda un jeune médecin. Nous devons pourtant faire quelque chose, sinon nous allons passer pour des ignares.

— Comment cela ? s'étonna le vieux médecin. Ce que nous devons faire, de toute évidence, c'est de soigner le malade !

— Mais puisque nous n'avons aucune idée de...

— Soigner un malade, mon cher confrère, n'implique pas le devoir de le guérir, interrompit le vieux médecin. C'est le premier principe de notre art. Le but des soins est de soigner, de même que le but du chant est de chanter et le but du jeu de jouer.

– Moi, je crois que nous pourrions guérir le malade, du moins en partie, déclara un troisième médecin. En vérité, je pense que même si nous ne pouvons pas amputer cette bosse, nous pouvons du moins en limiter l'évolution. Dans ce but, il faut plâtrer la bosse, pour l'empêcher de croître, ainsi elle restera telle qu'elle est maintenant. Et à propos de l'intelligence supérieure des hommes d'il y a cent huit ans, c'est là une hypothèse plutôt aventureuse.

– Voilà une idée inadmissible, s'écria un quatrième médecin. Puisque nous ne pouvons guérir la bosse intégralement, nous devrions renoncer à la soigner !

– Mais pourquoi ?

– C'est pourtant clair ! Justement parce que nous ne pouvons la guérir.

– Complètement non, mais en partie, c'est possible.

– Cela signifie que nous ne pouvons pas. La bosse demeurera de toute façon, et il ne faut pas nourrir l'illusion que nous puissions la guérir.

Alors que les débats s'éternisaient, la bosse, elle, croissait sans cesse et de manière toujours plus rapide. Ces nouveaux membres prenaient une forme toujours plus distincte. Et puis, des cheveux poussèrent, alors que les yeux, les oreilles, le nez et la bouche faisaient leur apparition ; les bras s'allongeaient et les pieds touchaient presque le sol. Enfin, cette bosse s'était métamorphosée au point de créer une forme humaine complète, qui se révéla un second Ajio, le portrait tout craché de l'original. A part le fait qu'il était rivé au dos du premier Ajio, il lui était en tout point identique. Aussitôt, il commença à parler.

Le premier Ajio, le véritable, se préoccupa beaucoup de sa maladie, parce qu'une bosse n'est chose agréable pour personne. Quand il vit cependant que ce qui grandissait sur son dos devenait son double, Ajio en fut épouvanté et ne savait plus ce qu'il devait faire. Ajio était un homme tranquille et probe, un travailleur consciencieux, apprécié et respecté de tous. Mais maintenant qu'il avait un double attaché à son dos, personne ne pouvait plus distinguer quel Ajio avait été le premier, et lequel était né de la bosse.

Pire encore, si le sosie était identique au premier Ajio – à tel point que la femme d'Ajio elle-même ne pouvait les distinguer – cette ressemblance se limitait aux apparences extérieures. Au point de vue du caractère, ils étaient très différents. Dès que le double commença à parler, il se mit à crier et à s'irriter pour des riens, à pester contre tout le monde, et en particulier contre le véritable Ajio. Il ne voulait jamais travailler, il offensait tout le monde et se plaignait qu'Ajio l'empêchait de marcher à sa guise. Ce qui d'ailleurs était vrai, puisque le dos de l'un était rivé à celui de l'autre, ils avaient les pieds toujours tournés dans le sens opposé et quand l'un allait de l'avant, l'autre était tiré en arrière, et vice-versa. C'était une situation très inconfortable.

Mais cela n'était pas encore le plus grave. Le plus grave, c'était que le second Ajio, quand il eut achevé sa croissance et qu'on ne pouvait plus le distinguer du véritable Ajio, commença à clamer tout haut que c'était lui le vrai et unique Ajio, celui qui avait été là depuis toujours, alors que l'autre n'était en réalité qu'une bosse et non un vrai homme.

– Débarrassez-moi de cette maudite bosse ! criait-il enragé aux médecins et à qui pouvait l'entendre. Pourquoi devrais-je porter cette horrible excroissance sur le dos ! Quelle bande d'ignares que ces médecins ! Ils ne savent donc rien faire ?

Les amis d'Ajio étaient très étonnés lorsqu'ils le rencontraient. – Est-ce vraiment toi, Ajio ? – demandaient-ils à la bosse, et la bosse criait alors de sa voix forte : « Bien sûr que je suis Ajio ! Et qui d'autre serais-je ? Vous n'êtes pas aveugles pourtant ? Vous voyez bien que je suis Ajio, vous me connaissez depuis des années ! Et celui-là, ce n'est qu'une vulgaire bosse, qui m'a poussé dans le dos. Si ce n'est pas malheureux ! »

Cependant, afin d'éviter toute méprise, les amis demandaient à tout hasard au premier, et donc au vrai Ajio, qui il était au juste.

– Moi, je suis Ajio, répondait celui-ci, mais tout doucement, parce qu'il était un homme modeste et timide.

Quand le deuxième Ajio entendait cela, il éclatait d'un rire moqueur et s'exclamait à tout rompre :

– Non, mais regardez-moi cette bosse, qui prétend être un homme ! Quel scandale ! Non, je n'ai encore jamais vu une chose pareille ! Une effrontée de bosse qui voudrait faire croire aux gens qu'elle n'est pas une bosse ! Et qu'es-tu donc, espèce de sac de peau ?! Cela ne tient pas debout. La bosse veut se faire passer pour Ajio ! Non, c'est plus que j'en puisse supporter ! Mais débarrassez-moi de cette bosse, sinon je ne répondrai plus de rien ! Et toi, bosse teigneuse, ferme-la ! Et vous chers amis, faites-la donc taire, cette abjection !

Et ainsi, à chaque fois que le casseur de pierre, au bord du désespoir, s'efforçait d'expliquer que lui seul était le vrai Ajio, la bosse répondait par un flot d'injures et d'invectives, et elle jurait à tout propos avec une telle force et une telle constance que tous furent déboussolés, et qu'à la fin les gens, et même les médecins, et même les amis d'Ajio, et même sa propre femme, tous crurent que le vrai Ajio était celui qui criait le plus fort. Ajio, pendant ce temps, devenait de plus en plus désespéré et effrayé, toujours plus confus, il parlait de plus en plus bas et balbutiait sans cesse. Enfin, plus personne ne l'écouta. Le nouvel Ajio était insolent, grincheux et cherchait la dispute à tout propos.

— Mais comme Ajio a changé, disaient ses amis dépités. On ne le reconnaît plus. Autrefois, il était si bon et tous l'aimaient, alors qu'aujourd'hui il est insupportable.

— Que voulez-vous ! répondaient les autres. Une bosse a poussé sur son dos. Un tel malheur change les hommes, il n'y a pas là de quoi s'étonner.

La discussion passait ensuite sur les différents cas d'autres malades, qui eux aussi avaient beaucoup changé sous l'influence du malheur et de la maladie ; et comme chacun connaissait des cas identiques, on finit bientôt par oublier Ajio.

Pendant tout ce temps, les médecins n'avaient cessé de travailler. Ils avaient cherché jours et nuits, ils avaient sué et fait maintes analyses jusqu'à ce qu'ils aient, enfin, découvert un médicament contre la bosse. Il avait la forme d'un comprimé qu'il fallait prendre trois fois par jour et qui provoquerait la disparition de la bosse. Ce comprimé était amer et avait un sale goût, mais qui s'en soucie quand il s'agit de guérir d'une bosse. Les médecins avaient testé leur remède sur une dizaine de bossus, des bossus qui avaient une bosse ordinaire, et il s'était avéré que ce nouveau médicament avait été efficace dans la plupart des cas. Les malades avaient vu leur bosse disparaître et ils étaient très satisfaits du traitement.

Les médecins décidèrent d'expérimenter leur remède sur la maladie d'Ajio. Aussitôt qu'il les vit arriver, Ajio – pas le vrai Ajio, mais le second, la bosse – se mit à accuser et à crier, selon son habitude, qu'il ne pouvait plus supporter cette bosse sur son dos et qu'il exigeait qu'on le soigna dans l'urgence. Les médecins s'efforcèrent de le calmer et lui dirent qu'ils avaient découvert un formidable remède contre les bosses. Le premier Ajio, le vrai, commença à pleurer dans son coin en disant que l'homme c'était lui et que l'autre n'était qu'une maladie. Personne cependant ne prit cette déclaration au sérieux, parce que le second Ajio la couvrit de cris et d'injures. Seul le jeune fils d'Ajio pleura à chaudes larmes et cria que celui-là seul était son papa, tandis que celui-ci était un étranger. Mais personne ne l'écouta, car il est avéré que les enfants ne sont pas aussi raisonnables que les grandes personnes et qu'ils ne sont pas aussi doués qu'elles.

Ainsi, après une brève consultation, les médecins donnèrent leur remède au malade, à savoir au deuxième Ajio, à la bosse, qui s'empara avidement des cachets et se mit à les avaler. Il grimaça, parce que ceux-ci étaient amers, et c'est pourquoi il invectiva les médecins, leur reprochant de ne pas inventer de remèdes plus savoureux, ou à l'arôme d'orange.

Et arriva ce qui devait arriver. Aussitôt que le deuxième Ajio commença à prendre ses cachets, le premier Ajio commença à se flétrir et à se rétrécir, jusqu'à ce qu'il se transformât en une véritable bosse sur le dos du second Ajio. Et comme le remède était puissant, la bosse elle-même commença à se ratatiner, si bien que le second Ajio, celui qui d'abord n'avait été qu'une bosse, se redressa bientôt tout à fait et éprouva une certaine satisfaction quand il s'aperçut qu'il n'avait plus rien sur le dos. Le vrai Ajio avait disparu. Tous les médecins et amis furent persuadés que, de cette façon, s'étaient aussi évanouis les doutes : puisque Ajio s'était transformé en bosse et qu'à la fin celle-ci avait disparu, il ne pouvait être dès le début autre chose qu'une bosse. Seul le fils d'Ajio pleura et se lamenta qu'on lui avait volé son papa, ce qui déclencha la fureur du nouvel Ajio, qui frappa le petit garçon avec une ceinture et hurla qu'il était son père et que lui, le mioche, ferait bien de ne pas se hasarder à raconter de telles insolences.

Après ces événements, Ajio devint un homme célèbre, car une guérison aussi radicale n'arrive pas tous les jours. Les gens ne l'aimaient pas, parce qu'il était malin et qu'il faisait du tort à qui il pouvait, mais en même temps ils le craignaient, et cela pour la même raison.

Mais Ajio ne considérait pas encore avoir remporté la bataille. Il commença à se comporter de manière très bizarre. Quand il croisait quelqu'un, il l'interpellait de manière tout à fait incongrue : « Quand vas-tu te décider à te faire amputer la bosse ? Il existe pourtant de merveilleux remèdes à cet effet ! Tu devrais sur-le-champ consulter un médecin ! »

– Mais je n'ai pas de bosses, protestait alors le quidam.

Ajio répondait toujours par un grand éclat de rire sardonique.

– Tu n'es pas bossu ?! criait-il. C'est peut-être ce qu'il te semble ! Mais en vérité, tu es bossu, et à quel point ! Tout le monde est bossu, tu comprends ?! Tout le monde ! Il n'y a que moi – et là, les poings sur les hanches, il prenait un air de défi – qui n'aie point de bosse. Tous les hommes sont monstrueusement bossus et c'est par pure sottise que personne ne veut se soigner.

Après avoir ainsi interpellé l'un après l'autre chaque habitant de la ville, la peur et l'effroi envahirent la population. Tous s'observaient avec épouvante dans le miroir, afin de s'assurer qu'aucune bosse ne poussait sur leur corps, et même s'ils savaient qu'il n'y en avait pas, ils ne pouvaient avoir l'esprit tranquille et à tout moment ils s'observaient dans le miroir. Plus personne ne fut tout à fait certain de ne pas être bossu. Une angoisse collective régnait. Tous s'évitaient, rasaient furtivement les murs, se surveillaient sans cesse et vérifiaient sans arrêt s'ils n'étaient pas bossus. Seul Ajio allait sûr de lui-même, fier comme un paon, et ne cessait de répéter : « Vous êtes tous des bossus ! Vous avez tous d'horribles bosses ! Comment pouvez-vous ne pas vous en rendre compte ! Pour sûr, vous êtes aveugles ! »

Après un certain temps, Ajio modifia sa méthode. Il commença à dire aux gens qu'ils n'étaient pas bossus au sens habituel du terme, mais qu'ils étaient eux-mêmes des bosses, parce qu'un jour un double leur avait poussé sur leur dos, comme cela lui était arrivé à lui aussi autrefois. Lui, cependant, s'était débarrassé de cette bosse grâce à un remède merveilleux, tandis qu'eux ne l'avaient pas fait, et à cause de leur négligence les bosses les mangèrent. Ainsi, à part lui, n'allaient de par le monde que des bosses, et non de vrais hommes. « Tu es une bosse », disait-il avec malice à chaque personne qu'il rencontrait. « Tu comprends ? Tu es une bosse, et non un homme ! Tu feins d'en être un vrai, mais en réalité tu as mangé un homme et toi, bosse, tu veux me tromper. Mais moi, je sais que je suis le seul vrai homme ! »

Il répétait si souvent ces paroles, il criait, manœuvrait, cherchait tant à persuader que tous n'étaient que des bosses, se pavanait et soutenait avec une telle ardeur que lui seul était un homme véritable, qu'à la fin les gens furent convaincus et crurent qu'ils étaient des bosses et qu'ils devraient tout de suite faire quelque chose afin de recouvrer leur existence d'hommes véritables, sans bosses. Les gens éprouvèrent même de la honte et étaient peinés d'avoir commis une telle injustice.

De plus en plus de gens se mirent ainsi à penser qu'il vaudrait la peine d'essayer le remède, puisque celui-ci s'était révélé si efficace avec Ajio, et que peut-être ce traitement agirait sur eux aussi. Ainsi, tous se mirent à acheter le remède miraculeux et à l'avaler, ceci même en quantité plus grande qu'il n'était nécessaire. Même ceux qui autrefois avaient été bossus et s'étaient débarrassés de leur bosse grâce au remède, le reprirent une seconde fois.

Mais comme aucun d'entre eux n'avait de vraie bosse, ils ne purent en être guéris. Par contre, aussi étrange que cela puisse paraître, aussitôt après les premières prises, tous remarquèrent avec inquiétude qu'il se passait l'inverse de ce qui aurait dû se passer : à savoir que des bosses poussaient sur leur dos. Les bosses grandirent et ce qui s'était passé avec Ajio se répéta : elles se mirent à ressembler toujours plus aux gens qui les portaient sur leurs dos. Il s'avérait que les mêmes pilules qui éliminaient la bosse des bossus provoquaient la naissance et la croissance de bosses chez les êtres normaux. Mais quand les gens s'en aperçurent, il était déjà trop tard. Ils avaient une bosse-sosie qui, comme ce fût le cas avec Ajio, se mit aussitôt à vociférer qu'elle seule était un vrai homme, et l'autre une bosse.

Ajio rayonnait. Il avait maintenant beaucoup d'amis qui lui étaient semblables, bien que les doubles étaient encore attachés aux hommes. Toutes les bosses avaient le même caractère qu'Ajio. Elles étaient querelleuses, insolentes, brailleuses et toutes voulaient se débarrasser de leur bosse, c'est-à-dire des vrais hommes. À part cela, les bosses avaient entre elles de bonnes relations et quand elles se rencontraient, elles ricanaient sur ces hommes qui prétendaient porter une bosse sur leur dos.

Enfin, les bosses décidèrent qu'elles en avaient assez, qu'elles ne voulaient plus être bossues, et elles-mêmes commencèrent à prendre le remède salutaire...

Ce fut ainsi que naquit en Lailonie la ville des bosses, dans laquelle il n'y avait cependant pas un seul bossu. La suite de l'histoire de cette ville ne fut pas écrite. Pour autant qu'on le sache, elle existe toujours. Le jeune fils d'Ajio, qu'on avait voulu forcer à prendre le remède afin de le transformer en bosse, ne s'était pas laissé faire. Il s'était enfui de la ville pour ne pas devenir une bosse et avait décidé d'y revenir, un jour, pour se venger. Mais il était très triste.

Un conte sur les jouets

Autrefois, les commerçants de Lailonie entretenaient un négoce prospère avec Babylone. Ils exportaient des étuis pour les fourchettes à faisans, tandis qu'ils importaient des peignes à chameaux. Cette importation se justifiait parce que les habitants de Lailonie ne produisaient pas de peignes à chameaux ; une circonstance qui s'expliquait en partie par l'absence totale de chameaux en Lailonie (il n'y en avait pas, un point c'est tout). N'allons toutefois pas trop loin dans l'approfondissement des causes, tenons-nous en aux faits.

Parmi les Lailoniens qui commerçaient avec Babylone, il y avait un vieux marchand qui s'appelait Pigu. Ce nom lui venait de son grand nez crochu surmonté de quatre grosses verrues, une verrue jaune, une verrue rouge, et puis une orange et une noire ; de plus, l'extrémité de ce nez était quelque peu inclinée vers le bas, ce qui faisait ressembler son propriétaire à un épervier ; en effet, en vieux lailonien ce type de nez s'appelait « Pigu » (en lailonien moderne, ce nez s'appelle tout autrement, mais n'entrons pas trop dans les détails).

Le marchand Pigu allait à Babylone tous les six mois, en transportant une importante cargaison d'étuis de fourchettes à faisans (le faisan était considéré à Babylone comme une exquise délicatesse, peut-être parce qu'il y était rarissime : ce n'était qu'une fois tous les trente ans que l'on parvenait à débusquer un faisan égaré, sans que personne ne sache comment il s'était trouvé là). Au retour, il ramenait une quantité impressionnante de peignes à chameaux, un stock que les habitants de Lailonie s'empressaient de rafler, n'hésitant jamais à payer le prix fort. Grâce à ses voyages, le commerçant Pigu était parvenu à amasser un joli pécule, avec lequel il avait construit une superbe villa pour sa fille Memmi (« Memmi », en vieux lailonien, est un verbe qui signifie : « monter avec bravoure un petit éléphant rose sans oreilles, tout en agitant un petit drapeau bleu pâle confectionné dans un ruban de soie et en faisant des moulinets avec ses doigts aux ongles vermeils » ; elle avait reçu ce surnom, car la délicieuse enfant s'amusait souvent à monter avec bravoure un petit éléphant).

Un certain jour de printemps, alors que fleurissaient les vergers de camomille (en Lailonie, la camomille est un arbre énorme qui s'élève jusqu'à six ponins – le ponin étant une mesure de longueur qui équivaut à peu près à la grandeur des bois d'un daim de quatre ans), et que des ruisseaux de myrrhe coulaient de tous côtés (les ruisseaux de myrrhe en Lailonie ne coulent qu'au printemps, creusant d'énormes ornières à travers la ville, détruisant rues et maisons ; les habitants ne s'inquiètent pas trop de ces dévastations, car au printemps les citadins peuvent habiter n'importe où et en été les ruisseaux de myrrhe disparaissent, si bien que les maisons et les rues repoussent à toute vitesse), le commerçant Pigu revenait d'un voyage, très satisfait de ses fructueuses transactions commerciales. Avant de rentrer chez lui, il voulut s'arrêter dans la villa de Memmi. Mais comme il ne la trouva pas chez elle, il s'assit au salon et sortit sa perforeuse, un instrument qui permettait de trouer les globes (c'était là une occupation que le commerçant Pigu appréciait beaucoup ; la fabrique lailonienne de perforeuses lui vendait ses produits à prix promotionnels, car Pigu lui faisait beaucoup de publicité à Babylone, en faisant à chaque occasion la démonstration de son occupation favorite). Il s'amusa un moment, tout en attendant sa fille, qui était allée monter un petit éléphant rose sans oreilles. Mais déjà elle revenait et lui faisait signe de la main, elle le salua et lui dit aussitôt : „Ah ! Papa, ne te mets pas en colère contre moi !"

– Et pourquoi donc devrais-je me mettre en colère contre toi, ma petite fille ? demanda Pigu.

– Parce que, mon cher papa, je me suis permis un petit plaisir, mais c'est toi qui va devoir le payer.

Le commerçant Pigu ressentit une certaine inquiétude, car il savait que sa belle Memmi avait tendance à être dépensière. Mais il se maîtrisa et demanda avec le plus grand calme : « Et de quoi s'agit-il ? »

– J'ai commandé un globe grandeur nature, répondit Memmi. (Il faut noter ici que l'activité qui consistait à perforer un globe était le loisir préféré de la famille Pigu, comme dans toute la Lailonie. Jeunes et vieux s'adonnaient en effet des jours entiers à cette passionnante activité, d'autant plus que celle-ci était un loisir très bon marché).

Le commerçant Pigu s'absorba dans ses pensées. Il ne savait pas ce qu'était en soi une grandeur naturelle et pensa que dans le monde chaque chose avait sa grandeur naturelle, à savoir la grandeur que la nature lui avait donnée. A tout hasard, il demanda à Memmi des éclaircissements.

– Je voulais dire un globe aussi grand que la terre elle-même. Je leur ai dit de t'envoyer la facture. Oh ! voilà qu'ils l'apportent, s'écria-t-elle en regardant par la fenêtre.

Mais le commerçant Pigu, effrayé, préféra ne pas regarder par la fenêtre. Il réfléchit au nombre de peignes à chameau qu'il devrait vendre pour rembourser le coût d'un tel globe, mais il n'arrivait pas à imaginer la somme, ce qui le fit frissonner de peur. Pendant ce temps, à l'extérieur, les livreurs installaient déjà le globe. Quand Pigu regarda enfin par la fenêtre, son œil affûté de négociant estima aussitôt la situation comme désastreuse : c'était vraiment un globe de grandeur naturelle et la vie du commerçant Pigu ne serait jamais assez longue pour pouvoir le rembourser avec la seule vente de ses peignes à chameau. Sa décision fût rapide et brutale. Il ouvrit la fenêtre et cria : « Veuillez reprendre ce globe avec vous. Je ne le payerai pas. Il est mal fait ! »

Les livreurs, dépités, n'insistèrent pas. Ils rechargèrent le globe sur leurs dos et le ramenèrent au magasin. Mais la coquette Memmi pleura à chaudes larmes et se répandit en invectives : « Ah père, méchant père, tu regrettes une modeste dépense et refuses un petit plaisir à ta Memmi. Vraiment, père, avec l'âge tu es devenu maladivement avare. Même un simple jouet pour ton enfant est devenu trop cher pour toi. » Longtemps, elle lui fit d'amères reproches.

Le commerçant Pigu avait un bon cœur et il souffrait des griefs de sa fille, mais il ne pouvait tout de même pas s'endetter à vie. Il s'efforça de lui expliquer qu'il n'était pas encore assez riche pour lui offrir un si coûteux cadeau. Il promit que le jour où il aurait gagné assez d'argent, il y réfléchirait à nouveau ; en vérité, il espérait que sa fille Memmi s'assagirait avec le temps et qu'elle comprendrait combien son caprice avait été déraisonnable. Mais Memmi ne voulait rien entendre et ne cessait de pleurer. Pigu, lui, ne pouvait plus supporter ces pleurs et réfléchit au moyen de réparer la peine causée à sa fille, lorsqu'une idée géniale lui vint à l'esprit.

— Ma chère fille, dit-il, je vais t'offrir un globe semblable, mais encore meilleur. Si j'ai fait renvoyer l'autre, c'est parce qu'il était mal fait. Mais tu en as un vrai à disposition, la sphère terrestre elle-même. Voilà ce que tu peux t'amuser à trouer.

La petite Memmi, qui n'était pas une idiote, saisit au vol la proposition de son père. Certes, elle fit encore quelques caprices, prétendit que l'autre globe était d'une bonne marque et en somme de bien meilleure qualité, mais elle s'apaisa lorsqu'elle obtint de son père la promesse qu'ils iraient un jour prochain dîner d'une pintade à l'orange. Elle se laissa fléchir, sortit de la maison en emportant avec elle sa perforeuse, et commença à s'amuser en faisant des trous dans le globe.

Les résultats ne se firent pas attendre longtemps. Le soir même, la terre entière était perforée et des dépêches arrivaient en Lailonie de tous les pays : qui donc trouait la terre d'une manière aussi scandaleuse ? Mais il était trop tard ; avant même que l'on ne s'en aperçoive, Memmi avait fait des trous partout. La terre était toute trouée et n'était plus bonne à rien.

Des temps difficiles commencèrent pour le pauvre Pigu. Il dût rendre compte des dommages causés par sa fille et tous les Etats exigèrent de gigantesques dédommagements. Comme il n'avait pas assez d'argent pour rembourser ses dettes, il fut envoyé en prison, tandis que Memmi, elle, continuait à s'amuser. Emprisonné à vie (il est d'ailleurs encore en prison à l'heure actuelle), il pensa avec tristesse qu'il ne faut jamais être avare de son argent quand il s'agit d'acheter des jouets pour les enfants.

Un beau visage

Nino était un apprenti boulanger, célèbre pour la beauté de son visage. C'était vraiment le plus beau visage du voisinage et toutes les filles se retournaient quand elles croisaient Nino dans la rue, tant elles étaient charmées par le beau visage du jeune boulanger.

Malheureusement, Nino travaillait près du four, dans l'étouffant et surchauffé fournil, un milieu qui n'est guère favorable à la conservation des beaux visages. D'autre part, il se faisait parfois du souci, comme tout le monde, et on sait bien que les soucis altèrent la beauté. Un jour, se contemplant dans le miroir, Nino constata avec tristesse que la vie commençait petit à petit à laisser son empreinte. Il décida de faire tout son possible pour préserver son visage contre la méchanceté du temps qui passe. Il se rendit ainsi à Lipoli, une ville où l'on vendait des boîtes dont la spécificité était de conserver la beauté. Ce type de boîte coûtait cher et Nino dut emprunter de l'argent à son voisin afin de pouvoir en acquérir une. Il estima que l'enjeu était de taille et qu'il justifiait pareil endettement. Il acheta donc une boîte pour y cacher et y conserver son visage.

La boîte, non seulement coûtait très cher, mais elle avait encore un autre défaut : il fallait la garder toujours près de soi et ne jamais s'en séparer. Si on l'égarait, même un instant, le visage serait perdu à tout jamais. Mais Nino chérissait tant la beauté de celui-ci, que ce risque ne l'importunait guère. Il cachait ainsi son visage dans la boîte et l'emmenait partout avec lui, que ce soit au travail, en promenade ou au lit. Avec le temps, il fit de plus en plus attention. Au cours des premières semaines, il sortait délicatement son visage de la boîte et s'en parait les jours fériés. Mais il remarqua que même lors des congés l'homme peut être affecté de peine et de souci, et que le visage en subissait inévitablement les atteintes. Il décida donc de le laisser dans la boîte.

Dès lors, plus personne ne put admirer la beauté de Nino. Les filles ne furent plus charmées par lui, car un Nino sans visage ne les intéressait pas. Les gens, qui autrefois montraient le garçon du doigt, le croisaient dorénavant avec indifférence : il n'était plus qu'un homme sans tête. Nino craignait tant pour son charme, qu'il renonça même à regarder dans la boîte, afin de ne plus exposer son visage à l'humidité, au soleil ou au vent.

Les voisins de Nino oublièrent bientôt son beau visage, et Nino lui-même, du fait qu'il ne regardait même plus dans la boîte, en avait oublié l'aspect. Malgré cela, il était fier quand il se souvenait d'avoir été le plus beau garçon du quartier, et il l'était encore, même si ce n'était plus visible.

Un jour, un illustre savant de Lailonie, connu sous le nom de Kru, traversa la ville. Forcé par le mauvais temps, il s'arrêta quelques jours à l'auberge locale. En entendant les conversations des habitués de l'auberge, il apprit toute l'affaire de Nino et désira faire la connaissance de celui-ci. Il se rendit à la maison où vivait le beau jeune homme et engagea avec lui la conversation.

— Les gens disent que tu es le plus beau garçon des environs.
— C'est vrai, répondit Nino.
— Est-ce que tu pourrais me le prouver ?
— Evidemment, dit-il.

Il réfléchit toutefois, car pour le prouver, il devrait sortir son visage de la boîte, si bien que le vent et la poussière pourrait en gâter la beauté. Il s'empressa d'ajouter :

— Je le pourrais, certes, mais je ne le veux pas, car j'ai caché mon visage dans une boîte.
— Alors, sors-le et montre-le-moi, insista Kru.
— Je ne peux pas, car il pourrait s'abîmer. Je dois le ménager.
— Mais pourquoi, au fait, tu ne le mets pas ?
— Pour le conserver le plus longtemps possible, pour qu'il soit impérissable.
— Cela veut dire qu'à l'avenir tu le remettras ?

Nino réfléchit. A vrai dire, il n'avait pas encore pensé à toutes les conséquences de sa décision. Certes, il était persuadé qu'il devait épargner son visage, mais il ne savait pas si à l'avenir il allait encore s'en servir.

— On verra, répondit-il. En fait, je ne sais pas pourquoi je devrais encore l'utiliser. Mon expérience récente m'a appris qu'il était tout à fait possible de vivre sans visage.

— C'est vrai, on peut vivre ainsi, approuva le savant Kru. Beaucoup de gens vivent comme toi. Mais une telle vie est-elle meilleure pour autant ?

— Non, rétorqua Nino. Mais le visage, au moins, ne s'abîme pas.

— Alors, tu le conserves bien pour l'avenir ?

— Je veux qu'il soit éternellement beau.

— Pour qui ?

— Pour personne. Pour qu'il garde sa beauté en elle-même.

— J'ai peur, dit le sage Kru, que tu veuilles là une chose impossible. Ayant dit cela, il salua et sortit, en éprouvant une certaine compassion pour le jeune homme.

Pendant ce temps, le terme fixé pour l'acquittement de la dette que Nino avait contractée à l'achat de la boîte, était dépassé. Mais un apprenti boulanger ne gagne pas beaucoup et Nino n'avait aucune économie personnelle. Le voisin qui lui avait prêté l'argent exigea sans ambages le remboursement, menaçant de porter l'affaire au tribunal et d'envoyer Nino en prison. Celui-ci désespérait, car personne ne voudrait se risquer à prêter de l'argent à quelqu'un qui n'avait pas remboursé son premier emprunt. En Lailonie, ne pas payer ses dettes conduisait droit à la prison.

Après une longue lutte intérieure et d'infructueuses tentatives pour emprunter de l'argent, Nino décida de revendre la boîte au magasin, et de remettre son visage à sa place. Il partit donc pour la ville de Lipoli et se rendit au magasin où il avait acheté autrefois sa boîte.

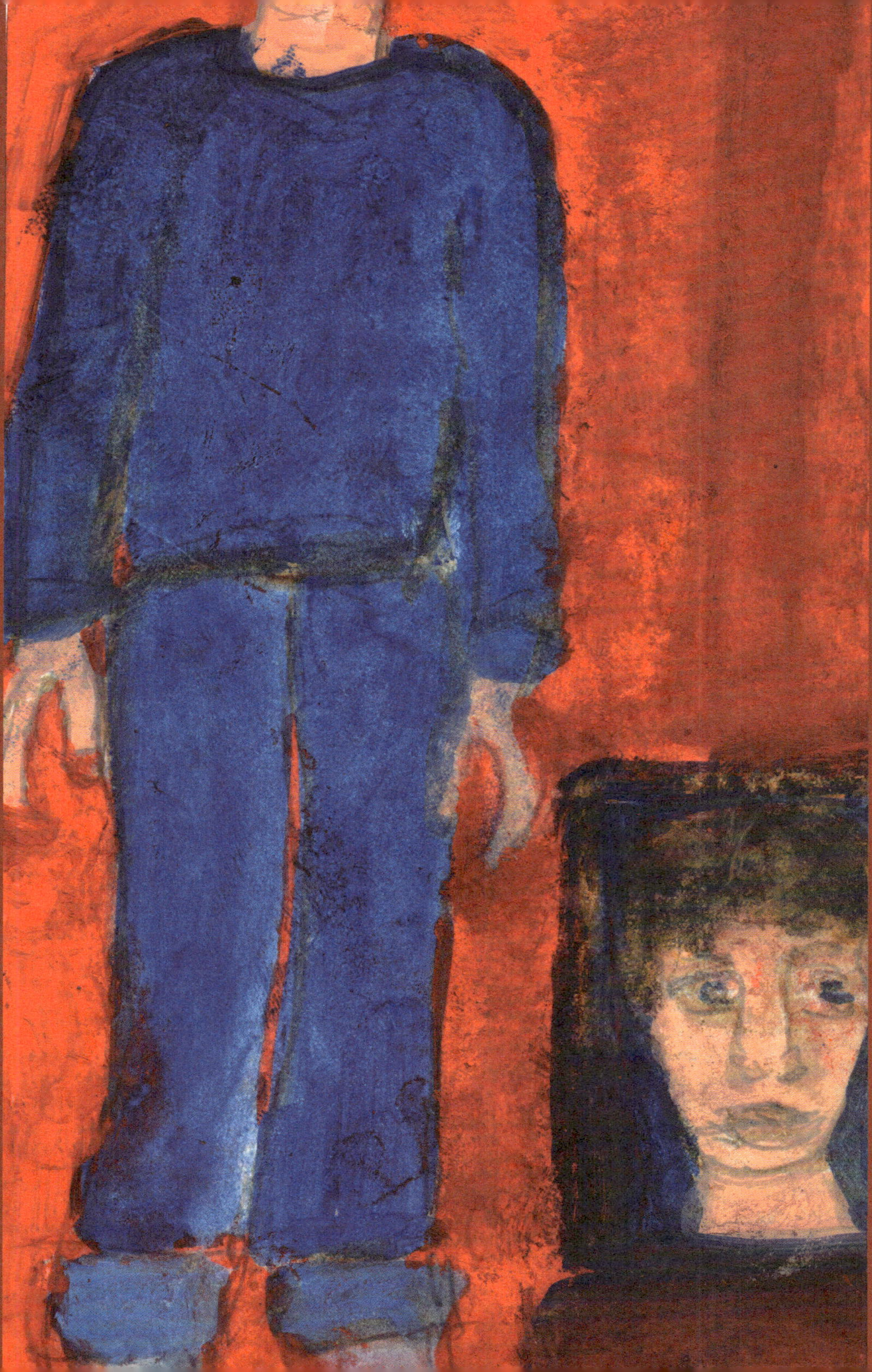

– Je voudrais revendre ma boîte, dit Nino.
– Quand l'as-tu achetée ? demanda le vendeur.
– Il y a quinze ans, répondit-il.

Nino prit alors conscience qu'il possédait cette boîte depuis quinze ans déjà, et cela le réjouit qu'il eut réussi à conserver pendant tant d'années un visage jeune et frais.

– Quinze ans, répéta le vendeur, avec un sourire contrit. Mais regarde-la donc cette boîte. Elle est toute griffée, délabrée, ébréchée et usée. Personne ne va me racheter une boîte dans un tel état. Je ne pourrais même pas la revendre le dixième de son prix d'origine. Non, mon cher Nino, je ne peux pas te racheter cette boîte.

– Mais, balbutia Nino, paniqué tout à coup, je suis incapable de rembourser l'argent que j'avais emprunté pour l'achat. Que dois-je faire ?

– Je ne sais pas ce que tu dois faire, mon cher Nino. Je ne peux quand même pas payer tes dettes. Chacun doit payer ses dettes soi-même et toujours bien réfléchir avant d'emprunter de l'argent.

Abattu, Nino sortit du magasin. La triste perspective de la prison se profilait devant lui et aucune nouvelle idée ne lui venait à l'esprit. Il rentra chez lui, où un garde l'attendait pour le convoquer au tribunal. Nino réfléchit toute la nuit. Le matin, il prit une décision et repartit pour Lipoli.

Il se rendit cette fois-ci au mont-de-piété, où l'on pouvait emprunter de l'argent selon la valeur de l'objet mis en gage.

— Je voudrais un prêt de trois cents patronaux, dit-il (le patronal est la monnaie d'or de Lailonie ; et trois cents patronaux, c'est la somme qu'il avait dû autrefois débourser pour acquérir la boîte).

— Et que veux-tu me donner en gage ? demanda le propriétaire du mont-de-piété.

— Je te donne, répondit Nino, mon beau visage, que le temps n'a pas altéré, ainsi que cette boîte.

— Je vais vérifier, répondit le commerçant.

Il prit un livre sur l'étagère, dans lequel était inscrite la valeur de tous les visages humains. Il ouvrit la boîte et examina à la loupe le visage de Nino. Il était quasi immaculé et respirait la jeunesse. Nino en fut passablement ému, car il le revoyait pour la première fois depuis des années. Ensuite, le propriétaire examina la boîte et après un long examen, il déclara :

— Pour le visage et la boîte, je peux te prêter deux cents patronaux, et pas un centime de plus. Dans six mois, tu peux me racheter le tout pour trois cents patronaux.

Les conditions étaient dures et Nino hésita, car la somme proposée était inférieure à sa dette. Il n'y avait toutefois pas d'autres monts-de-piété dans les environs, et puis il était fort douteux qu'il puisse recevoir une plus grosse somme ailleurs.

— Bon, c'est d'accord, répondit Nino, car il savait bien qu'il n'avait guère le choix. Il laissa la boîte et le visage, prit les deux cents patronaux et rentra dans sa ville, où il courût aussitôt chez son voisin-créancier. Il lui donna l'argent et promit de rendre le reste sous peu. Il ne savait pas, il est vrai, comment il pourrait récolter cette somme, mais il ne pouvait pourtant rien dire d'autre. Le voisin accepta de retirer sa plainte, mais déclara qu'il n'attendrait pas plus de six mois pour recevoir le reste de la dette.

Nino devint soucieux et mélancolique. Certes, pour un temps, il ne craignait plus la prison, mais il avait toujours une lourde dette et n'avait plus son visage.

Six mois passèrent, durant lesquels Nino s'acharna à trouver de l'argent pour rembourser son voisin et racheter son visage au mont-de-piété. En vain. Trois mois passèrent encore et son impatient voisin déposa à nouveau plainte au tribunal. Justice fut faite et Nino envoyé en prison.

Le propriétaire du mont-de-piété attendit longtemps que Nino revienne pour racheter la boîte et le visage. Mais sa patience avait des limites et, agacé, il comprit que cela ne valait pas la peine d'attendre plus longtemps. Il sortit le visage de la boîte et le donna comme jouet à ses enfants. Ceux-ci en firent un ballon et jouèrent avec au volley. Peu de temps après, il était déjà impossible de deviner que la vieille balle avait été un jour le beau visage du jeune Nino.

Mais Nino ne savait rien de tout cela. Il croupissait en prison et n'avait qu'une seule consolation, celle de pouvoir raconter aux autres détenus qu'il possédait un visage magnifique et que ce très beau visage ne pouvait être détruit par rien. « J'ai vraiment le plus beau visage – racontait-il. Il est plus beau que tout ce que vous pouvez imaginer. Il est enfermé dans une boîte spéciale, où il est à l'abri du temps. Vous le verrez un jour et vous pourrez admirer sa beauté ».

C'est ainsi qu'il se consolait dans sa prison. Il y est toujours et il est persuadé d'avoir le plus beau visage du monde.

En ville, les gens avaient pitié de lui. Ils pensaient que Nino était bien malchanceux, mais aussi qu'il était le seul responsable de son malheur – Nino aurait dû savoir que seuls les hommes très riches peuvent se permettre d'acheter une boîte ayant la vertu de préserver la beauté contre les flétrissures du temps.

Quant aux enfants du propriétaire du mont-de-piété, ils continuaient de s'amuser dans la cour avec la balle, dont l'état empirait de jour en jour. Elle n'était presque plus bonne à rien.

Comment Gyom
devint un vieux monsieur

Gyom vendait des glaces à la framboise dans la ville de Batum. Il était encore un jeune homme, et sa femme Mek-Mek était encore plus jeune que lui. Gyom pensait que les jeunes n'avaient en Lailonie aucune chance d'obtenir un travail intéressant. Il décida alors de devenir un vieux monsieur et réfléchit aux moyens qui lui seraient nécessaires pour en prendre l'apparence.

– Mek-Mek, dit-il à sa femme, j'ai décidé de devenir un vieux monsieur.

– Il n'en est pas question, cria Mek-Mek. Je ne veux pas d'un vieillard à la maison.

– Je veux me laisser pousser la barbe et la moustache, dit Gyom.

– C'est exclu ! répondit Mek-Mek.
– Je porterai un parapluie.
– Jamais je ne te le permettrai.
– Je porterai un chapeau melon.
– Je te le défends !
– Je porterai des bottes.
– Après ma mort !

— Je porterai des lunettes.
— Jamais de la vie !
— Mais Mek-Mek, voyons, sois raisonnable, tu sais pourtant que les vieux messieurs en Lailonie ont de meilleurs postes et qu'ils gagnent bien plus d'argent que les jeunes.
— Je ne veux aucun avancement et je ne te permettrai jamais de devenir un vieux monsieur.
— Alors, oublions cela, répondit Gyom.

Mais, dans son esprit, il pensa au moyen de persuader Mek-Mek, ou alors il chercherait à la tromper en devenant un vieux monsieur sans même qu'elle puisse s'en apercevoir.

Dès le lendemain, Gyom fit quelques menues démarches. Il acheta une grande quantité de sparadrap rose afin de le coller sur le bas de son visage, là où poussent la barbe et les moustaches : il pensait ainsi que la barbe et les moustaches pousseraient sous l'emplâtre et que sa femme ne s'apercevrait de rien. Il acheta un parapluie, mais pour qu'il puisse le porter incognito, il fit aussi l'acquisition d'un étui de contrebasse, afin d'y cacher le parapluie. Il acheta encore un chapeau melon et pour le dissimuler quand il le porterait, il posa dessus une poubelle en tôle ; c'était plutôt inconfortable, mais le chapeau melon était invisible. Il mit des bottes, tout en enfilant par-dessus deux grandes corbeilles en osier qu'il avait peintes en rouge, afin que les bottes ne soient pas visibles ; et il attacha les corbeilles à ses pieds avec des lacets. Enfin, il mit des lunettes qu'il cacha sous un masque à gaz, auquel il avait enlevé la partie inférieure, qui était inutile.

Gyom était très satisfait de ses subterfuges. Il allait en ville, le visage masqué par du sparadrap et un masque à gaz, une poubelle en tôle sur la tête, deux corbeilles en osier aux pieds et un étui de contrebasse à la main. Mek-Mek, qui n'avait pas du tout remarqué que Gyom cherchait à la duper, se promenait avec lui en ville, en pensant que Gyom était toujours un jeune homme, alors que celui-ci était en réalité barbu, qu'il portait des lunettes et qu'il avait des bottes, un parapluie et un chapeau melon.

Mais Gyom n'avait en réalité pas obtenu le but qu'il s'était fixé. Certes, Mek-Mek ne s'était pas doutée de sa métamorphose en vieux monsieur, mais personne d'autre non plus n'avait pu s'en rendre compte, vu que ni la barbe de Gyom, ni son chapeau melon, ni ses bottes, ni ses lunettes ni son parapluie n'étaient visibles. Quand Gyom se promenait, personne en le voyant ne pensait à un vieux monsieur, mais tous le prenait pour ce qu'il était, à savoir un jeune homme qui ne se distinguait en rien des autres jeunes hommes. Seuls quelques amis lui avaient dit qu'ils le trouvaient un peu plus pâle qu'autrefois. Ainsi, malgré ses efforts, Gyom n'avait pas reçu de meilleure situation, car quel que soit l'endroit où il se rendait pour prétendre à un nouveau poste, on lui disait invariablement : « Mais vous êtes encore un jeune homme, vous ne pouvez occuper un tel poste. Si vous aviez une barbe, des lunettes, un parapluie et un chapeau melon, alors là ce serait différent ».

L'affaire se présentait mal pour Gyom, qui continuait à vendre ses glaces à la framboise. Il ne ménageait pourtant pas ses efforts pour devenir un vieux monsieur et il eut une nouvelle idée. Il se fit deux grandes pancartes où il inscrivit en lettres capitales « VIEUX MONSIEUR ». Il en porta une sur le dos et l'autre sur le ventre, afin que chaque personne qui le croiserait puisse aussitôt savoir à qui elle avait affaire. Là aussi, le stratagème échoua. Il est vrai que les gens lisaient la pancarte, mais quand ensuite ils apercevaient Gyom, ils disaient aussitôt : « Mais ce n'est pas du tout un vieux monsieur ! C'est un jeune homme ! Il n'a ni barbe, ni lunettes, ni chapeau melon, ni bottes, ni parapluie. Non, mon garçon, ne nous trompe pas, tu es un jeune homme ordinaire ! ».

Affligé par ses échecs et dégoûté de ses vains efforts, Gyom prit une décision courageuse. En effet, il déchira les sparadraps, sous lesquels la barbe et les moustaches avaient poussé, jeta le masque à gaz, enleva la poubelle de sa tête, déchaussa les corbeilles de ses pieds et sortit le parapluie de l'étui à contrebasse. Un matin, il se présenta donc à sa femme Mek-Mek avec une barbe, des lunettes, un chapeau melon, des bottes et un parapluie.

Quand Mek-Mek l'aperçut, elle en fut horrifiée.

– Gyom, qu'as-tu fait ? cria-t-elle. Tu as l'air d'un fou ! Tu es devenu un vieux monsieur ! Et moi qui t'avais supplié de ne pas le faire !

Elle pleura amèrement.

– Mek-Mek, ma chérie, calme-toi, dit Gyom pour la consoler. Je l'ai fait pour toi, car je veux obtenir une meilleure situation et gagner plus d'argent. Je pourrai enfin t'acheter de l'eau de Cologne et du rouge à lèvres.

Mais Mek-Mek ne cessait de pleurer, si bien que Gyom, affligé, s'en alla en ville pour ne plus entendre les lamentations de sa femme. Il regretta même un peu d'avoir fait un pas aussi décisif, mais il était trop tard. Il était arrivé ce qui devait arriver et il n'était plus guère possible de redevenir un jeune homme, car Gyom avait dorénavant une barbe, des lunettes sur le nez, des bottes aux pieds, un parapluie à la main et un chapeau melon sur la tête. Le changement était irrémédiable, et il était impossible de faire marche arrière !

Gyom devint alors un vieux monsieur et tous les promeneurs qu'il croisait dans la rue le considéraient comme tel. Il enleva même les pancartes qu'il portait dans le dos et sur le ventre, car elles n'étaient plus nécessaires, puisque tout le monde savait dorénavant que Gyom était un vieux monsieur. Il chercha un nouveau travail et en effet il trouva un poste de videur de vases à fleurs dans un grand hôtel. Il gagnait plus d'argent, jouissait du respect public et était très satisfait de lui-même. Pour persuader Mek-Mek du bien-fondé de cette métamorphose, il lui acheta une grande quantité de rouge à lèvres et sa femme pouvait ainsi se maquiller des pieds à la tête, et non plus simplement sur les lèvres. Ainsi, elle fut convaincue que Gyom avait eu raison, car grâce à son stratagème, elle pouvait maintenant parader en ville toute de rouge fardée et tout le monde savait qu'elle n'était pas n'importe qui, mais la femme d'un videur de vases à fleurs dans un très grand hôtel.

Un jour, un grand malheur arriva. Avant de se rendre au travail, Gyom, comme il en avait l'habitude, alla à la piscine. Il laissa au bord de l'eau son parapluie, son chapeau melon, ses lunettes, ses bottes, et sauta dans le bassin. Mais, pendant qu'il se baignait, un voleur lui déroba toutes ses affaires. Désespéré, il dut se rendre à son travail, cette fois-ci sans chapeau melon, parapluie, lunettes ni bottes. Il fut soulagé d'avoir encore la barbe. Mais en le voyant, le directeur de l'hôtel fut bien étonné : « Gyom, dit-il, vous êtes devenu un jeune homme, à ce que je vois. Vous savez pourtant que ce poste de videur de vases à fleurs est un travail à haute responsabilité et que nous ne pouvons le confier qu'à de vieux messieurs. Je vous licencie sur-le-champ ! »

— Mais j'ai une barbe et des moustaches, répliqua Gyom, affligé.

— Une barbe et des moustaches ne font pas encore un vieil homme, objecta le directeur avec fermeté. Sans un chapeau melon, des lunettes, des bottes et un parapluie, un homme n'est pas un vieux monsieur.

Furieux, Gyom décida d'aller chez un coiffeur pour se faire raser la barbe et la moustache. Il voulait redevenir un jeune homme. Mais quand il rentra à la maison, Mek-Mek serra ses poings de colère et cria : « Gyom, je vois que tu es à nouveau un jeune homme. Et tu crois que je vais te laisser faire ? »

— Mais, répondit Gyom, tu ne voulais pas que je devienne un vieux monsieur.

— Et comment aurai-je assez de rouge à lèvres pour pouvoir me maquiller le corps entier ? Comme jeune homme, tu ne gagneras jamais assez d'argent pour m'en acheter.

Mek-Mek déclara qu'elle ne voulait plus d'un jeune homme pour mari. Elle quitta Gyom et se maria avec un vieux monsieur qui gagnait beaucoup d'argent, car il coiffait les bassets dans un salon de coiffure pour chiens et sa renommée de meilleur coiffeur de bassets était attestée dans toute la Lailonie. Gyom, quant à lui, demeura tout à fait seul et retourna à son travail de vendeur de glace à la framboise.

A ce moment du récit, l'histoire aurait pu se terminer, s'il n'y avait eu encore un autre événement capital. Quelques semaines après que Gyom fut redevenu un jeune homme, la police attrapa le voleur qui lui avait dérobé son chapeau melon, son parapluie, ses bottes et ses lunettes. La police avait trouvé tous ces objets chez le voleur et les avait rendus à son ancien propriétaire. Fou de joie, Gyom mit les bottes, les lunettes et le chapeau melon, prit le parapluie et s'en alla chez le directeur de l'hôtel où il avait travaillé. Il voulait être à nouveau engagé à son poste de videur de vases à fleurs, puisqu'il était redevenu un vieux monsieur. Mais le directeur fut très étonné par cette requête.

— Mais Gyom, dit-il, tu n'as ni barbe ni moustaches ?

— J'ai pourtant un chapeau melon, des bottes, des lunettes et un parapluie.

— Mais cela ne suffit pas pour faire un vieux monsieur, répondit le directeur. La barbe et les moustaches sont des attributs indispensables.

Gyom, accablé, avait encore une fois échoué à prouver qu'il était un vieux monsieur. Il se rendit chez Mek-Mek pour lui demander de revenir vivre avec lui, car il était redevenu, du moins le prétendait-il, un vieux monsieur. Mais Mek-Mek remarqua aussitôt la supercherie et se moqua de lui en disant qu'elle ne pouvait vivre avec quelqu'un qui n'avait ni barbe ni moustaches, et qui faisait semblant d'être un vieux monsieur. Gyom rentra tout triste à la maison et pendant quelques heures s'efforça de laisser pousser sa barbe, mais sans aucun succès. Peu de temps après, une nouvelle catastrophe se produisit. On lui dit en effet qu'il ne pouvait plus travailler comme vendeur de glace à la framboise, car seul un jeune homme pouvait prétendre à un tel poste, et avec Gyom on n'était plus sûr de savoir à qui on avait affaire. La situation était devenue ambiguë: n'ayant plus ni barbe ni moustaches, Gyom portait toutefois un chapeau melon, des lunettes, des bottes et un parapluie.

Comme il n'avait plus de travail, Gyom décida de devenir un bébé, car il devait bien manger quelque chose, et tout le monde s'occupe des bébés. Il alla dans un parc, s'assit sur un lange, et gesticula autant qu'il pouvait. Il espérait qu'un promeneur s'occuperait de lui et lui donnerait à manger. Par malheur, le chapeau melon, qu'il avait oublié d'enlever, le trahit. Et même si Gyom s'était auparavant débarrassé des lunettes, des bottes et du parapluie, un policier, qui l'aperçut au parc, remarqua aussitôt qu'il n'était qu'un faux bébé et lui ordonna de cesser la mascarade. Gyom rentra à la maison et avec rage commença à manger son chapeau melon, qui l'avait si lâchement trahi devant le policier. Le chapeau melon implora le jeune homme et pleura, mais rien n'y fit, il fut dévoré en quelques minutes.

A partir de ce moment, la vie de Gyom devint un véritable supplice. Il changeait sans arrêt et s'efforçait à devenir tantôt un vieux monsieur, tantôt un jeune homme, tantôt un bébé. Mais à chaque fois il lui manquait quelque chose, si bien que ses ruses finissaient toujours par être découvertes et que les gens se mettaient à le houspiller et à le menacer. Gyom n'arrivait à rien avec tous ces travestissements et, malgré son évident manque de succès, il ne cessait de se transformer et de s'habiller comme ci ou comme ça.

La vie de Gyom devint vraiment misérable. C'est pourquoi, s'il vous arrive de voir dans un parc un bébé en train de pleurer, même s'il a un chapeau melon ou des bottes, ayez pitié de lui. C'est Gyom, qui veut que quelqu'un s'occupe de lui et lui donne à manger.

Un homme célèbre

Tat voulait devenir un homme célèbre. Mais il ne désirait pas une célébrité ordinaire, ce qu'il voulait, c'était une célébrité absolue. Après réflexion, il conclut toutefois qu'il était impossible d'être l'homme le plus célèbre dans tous les domaines, mais qu'il lui fallait choisir une spécialité, une compétence précise, où il pourrait être le champion. Mais quel domaine choisir ? Il ne pouvait plus devenir l'homme le plus grand du monde, ni le plus petit, car il était de taille tout à fait moyenne. Il lui sembla aussi qu'il n'avait aucune chance d'être le plus talentueux musicien au monde, ni le meilleur athlète du saut en longueur. Au début, il essaya de porter les plus longs pantalons au monde et commanda au tailleur des pantalons de trente mètres. Pendant deux jours, il s'efforça de les porter, mais les pantalons se révélèrent bien peu confortables, ils ne cessaient de s'emmêler et d'entraver le mouvement. Il chercha donc d'autres idées.

Il avait un ami qui était presque chauve. Presque, en effet, car il lui restait encore quelques cheveux sur le crâne. Ainsi, Tat pensa qu'il pourrait devenir l'homme le plus chauve de la planète et demanda qu'on lui rase la tête jusqu'au dernier cheveu. Par malchance, il rencontra bientôt un autre homme qui était aussi chauve que lui et, n'ayant déjà plus rien à raser,

Tat ne put le surpasser dans la course à la calvitie. Ensuite, il essaya de changer de cravate plus rapidement que tous les autres hommes, afin de s'illustrer comme le champion du changement de cravates. Il parvint ainsi à changer de cravates jusqu'à soixante fois par jour, mais cela ne lui apporta aucune célébrité. Il pensa aussi à devenir le plus jeune parmi les gens plus âgés que lui et le plus vieux parmi les plus jeunes. Mais quand il essaya de s'en expliquer, les gens ne devinèrent pas où il voulait en venir, si bien que Tat se persuada que ses ambitions ne seraient jamais couronnées de succès, et ceci tout simplement à cause de la sottise humaine. Il se mit alors à préparer le plus grand beignet au monde, mais le beignet se décomposa pendant la cuisson et le travail de six semaines fut réduit à néant.

Il se mit alors à réfléchir à quelle discipline il pourrait se consacrer afin de la pratiquer à la perfection. Il s'interrogea alors sur ses capacités personnelles les plus évidentes.

Comme il avait toujours de grosses taches sur ses vêtements – Tat n'était guère soigneux – il pensa qu'il pourrait parvenir dans ce domaine à des résultats prometteurs. Il décida donc de devenir le plus grand barbouilleur au monde et parvint à salir ses habits de telle manière que personne d'autre que lui ne l'égalait en malpropreté. La réussite fut incontestable, mais la gloire qu'il en tira fut par trop éphémère. Il s'exerça aussi à enfiler les aiguilles avec la plus grande dextérité possible afin de devenir le plus fulgurant enfileur de tous les temps. Il s'entraîna aussi à plier les draps en un temps record, puis entama une carrière de spécialiste du tire-bouchon, avant de devenir expert dans le découpage d'in-quarto, dans le cassage d'allumettes et dans l'extraction de pâte à dentifrice. Il obtint encore d'excellents résultats en tant qu'allumeur de bougies, et savait briser la vaisselle et boutonner les chemises comme personne. Ayant excellé en tant d'activités éminentes, Tat constata qu'il était victime d'une grande injustice ; en effet, bien qu'il eût atteint la perfection en d'innombrables domaines, il n'acquit jamais autre chose qu'une gloire médiocre. Et pourtant, d'autres hommes avaient acquis une grande renommée, alors qu'eux n'étaient géniaux qu'en un seul domaine : l'un sautait le plus haut, un autre portait les poids les plus lourds, un autre était le nageur le plus rapide, un autre encore avait le plus d'argent. Tous étaient célèbres, alors que Tat, qui s'illustrait en tant de domaines, ne jouissait du respect que d'un cercle étroit d'amis, en dehors duquel presque personne n'avait eu vent de ses exploits. Tat pensa alors que le monde était bien mal ordonné, vu qu'il décernait gloire et célébrité d'une manière aussi injuste.

Plein de chagrin, Tat se rendit chez un ami qui habitait à proximité pour lui demander conseil. Le trajet lui prit deux jours, car parmi ses multiples compétences, il était devenu le plus lent piéton au monde. D'autre part, il eut besoin de beaucoup de temps pour exposer son affaire, car il avait décidé depuis un bon bout de temps déjà de devenir un bègue émérite. C'est pourquoi chaque mot qu'il prononçait, et même son propre prénom, qui pourtant n'était pas très long, nécessitait pour le moins une bonne heure. Enfin, il réussit tout de même à exprimer le fonds de sa pensée et à formuler sa question : que dois-je faire pour devenir célèbre ?

Son ami lui répondit que c'était très simple : il suffisait d'avoir beaucoup d'argent, car tous les hommes riches devenaient célèbres.

— Évidemment, évidemment, évidemment, répondit Tat (il prononça maintes fois ce mot, car Tat était devenu l'homme au monde qui répétait le plus souvent le mot « évidemment »). Mais où trouver tout cet argent ?

— Oh ! Mais c'est très simple, répondit son ami. Il suffit d'être connu. Chaque homme célèbre peut gagner de l'argent avec beaucoup de facilité.

— Évidemment, reconnut Tat. Mais comment devenir un homme célèbre ?

— Je te l'ai dit, pourtant, s'emporta son ami. Il faut avoir beaucoup d'argent.

Tat admit que le conseil de son ami était bon, mais il ne savait pas comment le réaliser, et son ami s'était révélé incapable d'expliquer avec plus de clarté sa pensée. Ainsi, le pauvre Tat continuait à être tourmenté par l'injustice qu'il subissait et l'idée de devenir le plus jeune défunt au monde lui effleura même l'esprit, mais il se rendit compte que là aussi il ne pourrait qu'éprouver un nouvel échec. A tout hasard, il commanda le plus long crayon au monde et le plus grand bouton de chemise, qui pesait quatre tonnes. Il arrêta aussi de manger des fraises et fit savoir qu'il était l'homme au monde qui mangeait le moins de fraises.

Tat se rendit compte qu'il serait possible de devenir un homme célèbre en exécutant les pires choses au monde. Il apprit ainsi à rouler très mal à vélo, à écrire de très mauvais poèmes et à coudre les plus laids maillots de bain. En réfléchissant dans cette direction, une idée lui vint à l'esprit, une excellente idée qui aurait pu lui épargner bien des efforts si elle lui était venue plus tôt. Il décida de devenir l'homme le moins célèbre au monde. Et dans ce but, il décida de quitter sa ville pour se rendre dans un endroit où personne n'aurait pu entendre parler de lui.

Ainsi fit-il. Un jour, Tat s'évanouit dans la nature. En disparaissant, il espérait acquérir une grande renommée comme l'homme le moins célèbre au monde. Ses amis s'interrogèrent certes pendant quelques jours sur ce qui avait bien pu lui arriver, mais après quelques jours d'étonnement, ils l'oublièrent et, de ce point de vue-là, Tat avait atteint son but. Il devint l'homme le moins célèbre au monde. Personne ne savait rien à son sujet. Nous non plus, d'ailleurs, nous ne savons plus rien de Tat, et c'est pourquoi nous ne pouvons écrire aucun conte à son sujet.

Comment le dieu Maior fut détrôné

Le dieu Maior exerçait un pouvoir tyrannique sur la ville de Ruru. Il avait émis ses propres lois, qui régissaient la vie de tous les habitants. Les commandements divins se divisaient en trois principes essentiels :
1. Tout ce qui pour les hommes se trouve en bas, se trouve pour dieu en haut et, à l'inverse, tout ce qui pour les hommes se trouve en haut, se trouve pour dieu en bas.
2. Celui qui s'oppose à cette loi selon laquelle tout ce qui est en bas pour dieu se trouve en haut pour les hommes, et vice-versa, sera envoyé en enfer. Celui qui respecte cette loi, ira au paradis.
3. Celui qui ne s'est pas trompé sur terre, ne peut se tromper après la mort, et celui qui s'est trompé sur terre, ne peut s'amender après sa mort.

Le dieu Maior avait émis encore d'autres commandements, mais aucun d'eux n'était plus important que ces trois-là. Tous les hommes en avaient été instruits afin que personne ne puisse se justifier en prétendant qu'ils ne les connaissaient pas. Et comme personne ne voulait être envoyé en enfer, les habitants de Ruru s'efforçaient de répéter le principe divin selon lequel tout ce qui pour eux se trouvait en haut, se trouvait pour dieu en bas, et inversement. D'ailleurs, afin de se souvenir de dieu, les habitants de Ruru devaient prouver qu'ils connaissaient ces commandements. Ainsi, quand un professeur disait à ses écoliers que les rivières coulent des montagnes vers les plaines, il s'empressait d'ajouter : « Mais pour dieu, elles coulent des plaines vers les montagnes ». Lorsque quelqu'un déclarait qu'il voulait descendre dans la rue pour aller acheter des allumettes, il rajoutait aussitôt que pour dieu il montait. En disant que l'oiseau s'envolait haut dans le ciel, il fallait ensuite affirmer que pour dieu il descendait. Les hommes s'étaient habitués à cette manière de s'exprimer et ils en étaient même satisfaits, car chaque fois qu'ils conformaient leurs paroles à la loi divine, ils savaient que le dieu Maior les accueillerait avec bienveillance après leur décès.

Dans la ville de Ruru, vivaient deux frères, Ubi et Obi. Ils vivaient en grande amitié, d'une amitié rare entre frères. Jamais ils ne se disputaient. Ils gagnaient leur vie en confectionnant des balles en caoutchouc, qui n'étaient utiles en rien, et c'est pourquoi les habitants de Ruru les achetaient très volontiers, afin de se vanter devant les autres de leur richesse, car dans cette ville la richesse se définissait par la possession de choses inutiles. Afin que personne ne s'épuisât à chercher des choses superflues, il fut décidé que ceux qui voulaient exhiber leur richesse collectionneraient des balles de caoutchouc. Il y avait ainsi dans la ville de Ruru beaucoup d'artisans qui s'étaient spécialisés dans la fabrication de balles pour les riches. Telle était l'activité des deux frères.

Ubi et Obi, comme les autres habitants de Ruru, observaient scrupuleusement les commandements divins. Quand Ubi demandait par exemple à son jeune frère de lui apporter d'en bas, de la cave, du matériel pour faire des balles, il rajoutait aussitôt : « Mais pour dieu, apporte le matériel d'en haut ». Et quand Obi regardait pas la fenêtre et qu'il disait qu'en haut, dans le ciel, des nuages se formaient, il ajoutait : « Mais pour dieu, les nuages se forment en bas ».

Un jour, de manière soudaine et inattendue, un événement étrange se produisit. Obi remarqua, alors qu'il conversait avec son frère, qu'une fissure était apparue dans la partie supérieure d'un des pieds de la table. Il dit cela et ne rajouta rien de plus. Ubi, pensant à une simple distraction de son frère, rajouta de lui-même : « Mais pour dieu, la fissure est apparue dans la partie inférieure du pied de la table ». Obi réfléchit un moment et puis tout à coup s'écria : « Non, pas dans la partie inférieure, seulement dans la partie supérieure ! »

– Comment ça, dans la partie supérieure ? répondit Ubi. Je l'ai pourtant dit : dans la partie supérieure pour nous, et pour Dieu dans la partie inférieure !

– Comment ça, dans l'inférieure ! Ici, c'est la partie inférieure, dit-il en montrant du doigt, et là, la partie supérieure. La fissure ne se trouve que dans la partie supérieure.

Ubi, effaré, en perdit la parole. Et puis, il vociféra : « Qu'est-ce que tu me racontes là ? Pour dieu...

— Pour dieu ? Non, pas pour dieu, répondit Obi, la fissure est apparue dans la partie supérieure, et c'est tout. Je ne veux rien entendre à propos de la partie inférieure, car la fissure ne se trouve que dans la partie supérieure.

— Obi, ton esprit est-il donc malade ? rugit le frère. Te rends-tu compte de ce que tu dis ? Tu as de la fièvre, peut-être ?

— Je n'ai pas de fièvre du tout. Je dis que la fissure est dans la partie supérieure, parce que c'est là que je la vois. Et rajouter que pour dieu la fissure est dans la partie inférieure, c'est dire une sottise et moi je suis incapable de le comprendre.

— Il est devenu fou, complètement fou, cria Ubi en proie à l'hystérie.

Il se précipita hors de la maison pour demander à ses voisins de venir l'aider. Les gens accoururent et, effrayés, dévisagèrent Obi. Certains eurent pitié mais d'autres se mirent en colère contre lui. Mais Obi, assis sur le sol, répétait avec entêtement : « Dans la partie supérieure, dans la partie supérieure… ». Personne ne parvenait à lui faire entendre raison. L'attroupement dura un certain temps, et puis la foule se dispersa, car les gens commençaient à s'ennuyer d'entendre Obi répéter toujours les mêmes mots. La détresse avait blanchi les cheveux d'Ubi et il cessa de parler à son frère. Obi, quant à lui, n'avait pas l'intention de réparer sa faute ; bien au contraire, il ne cessait de s'enferrer toujours plus dans l'erreur. Il disait que, dorénavant, il ne ferait plus de balles en caoutchouc, car cela ne servait à rien, et il se mit à confectionner des perruques vertes, lesquelles seraient à coup sûr utiles à ceux qui voulaient chasser les oiseaux : les chasseurs pourraient ainsi porter une perruque verte et se cacher, immobile, à la lisière des forêts, jusqu'à ce que les oiseaux, attirés par la fraîche verdure de la perruque, viendraient se poser sur la tête du chasseur, lequel n'aurait plus qu'à saisir sa proie. D'autre part, Obi se mit aussi à fabriquer des pantalons pour canaris.

Dès lors, les deux frères travaillèrent chacun de leur côté. Obi s'était mis à son nouveau métier. Mais les habitants de Ruru étaient indignés de sa sotte obstination et, pleins de colère, préféraient s'approvisionner en perruques chez d'autres artisans. Obi n'avait personne à qui vendre sa marchandise et il en mourut de chagrin. Malgré cela, il n'avait jamais voulu reconnaître sa faute et jusqu'à la fin de sa vie il ne cessa de répéter : « Ce qui est en bas est en bas ! Ce qui est en haut est en haut ! Et c'est tout ! Quand c'est en bas, ce n'est pas en haut ! Et quand c'est en haut, ce n'est pas en bas ! Et c'est tout ! » Il répétait sans cesse ces assertions idiotes et ne voulait écouter personne.

Après son décès, Obi fut envoyé devant le tribunal que tenait le dieu Maior. Il était terrifié, car il commençait à prendre conscience de la punition qui l'attendait pour avoir violé les commandements. Le jugement fut bref, car la faute ne laissait planer aucun doute.

– Tu t'es trompé, dit le sévère dieu Maior, en prétendant que ce qui est en bas est en bas. Tout le monde sait que ce qui est en bas pour les hommes est pour moi en haut, et inversement. Tu as donc enfreint ma loi.

— Je veux réparer ma faute, bredouilla Obi.

— Si tu voulais réparer ta faute, tu désobéirais encore une fois à mes commandements, car il a été dit que celui qui s'est trompé sur terre, ne peut s'amender après sa mort.

Ainsi, l'affaire était réglée et Obi fut condamné à l'enfer. L'enfer était un immense cloaque, où il n'y avait personne, où l'on marchait sans arrêt dans la boue glacée, et où l'on vivait dans la prostration et la solitude. C'est là qu'Obi fut envoyé, et il pleura amèrement.

Le destin de son frère avait tourmenté Ubi, mais il n'avait pu l'aider. Et comme Ubi avait le défaut de toujours se soucier des choses qui en réalité n'était pas de son ressort, il mourut de chagrin peu après la disparition d'Obi.

Ubi n'avait jamais contesté le commandement divin selon lequel ce qui est en bas pour les hommes, se trouve en haut pour dieu. C'est pourquoi le dieu Maior l'accueillit avec bienveillance et l'invita aussitôt à se rendre au paradis. Là, il y avait beaucoup de monde, et Ubi retrouva tous ses amis déjà décédés. Au ciel, il faisait chaud et sec, tout le monde était très heureux et répétait sans cesse : « Nous sommes très heureux, nous sommes très heureux. Au ciel, chacun est heureux et n'a aucun souci ; par contre, en enfer, c'est affreux ; alors réjouissons-nous d'être si bons, réjouissons-nous que le dieu Maior nous a envoyé au paradis ». Les bienheureux répétaient ces mots sans jamais s'interrompre et c'était là leur unique activité. Au début, assis avec les autres, Ubi récitait inlassablement la litanie du bonheur : « Nous sommes très heureux, nous sommes très heureux ». Il répéta très longtemps les mêmes mots, et par moment il pensait vraiment qu'il était très heureux et que rien ne lui manquait. Mais après un certain temps, il se souvint de son frère Obi et ce souvenir lui brisa le cœur. Il savait que son frère vivait en enfer une terrible souffrance, et il en fut profondément désolé. Il fit silence. Assis à côté de lui, un vieux vitrier, qu'il avait connu sur terre, lui donna un coup de coude :

— Pourquoi as-tu arrêté de réciter, Ubi ? demanda-t-il.
— Parce que je me suis souvenu de mon frère Obi.
— Et alors ?
— Mon frère Obi est en enfer et il est malheureux.
— Mais toi tu es au paradis et tu es heureux.
— Je ne suis pas sûr d'être heureux.
— Comment ça, tu n'en es pas sûr ? ! s'indigna le vitrier. Le dieu Maior a décidé que tu devais être heureux.

Mais Ubi éclata alors en sanglots.

— Je ne dois pas, je ne dois pas ! Je ne suis pas du tout heureux, parce que mon pauvre frère, lui, vit un tourment sans fin.

Les paroles d'Obi consternèrent les habitants du ciel, et tous furent scandalisés de ce comportement extravagant.

— Ubi, reprends-toi, adjura le vitrier. Ton frère a été condamné selon la justice divine, car il avait enfreint les commandements !

– Certes, mais c'est mon frère, répondit Ubi d'une voix triste.
– Tu ne peux rien y faire !
– Mais moi, je ne suis pas du tout heureux !
– C'est impossible, tu entends, c'est impossible ! Au paradis, tout le monde est heureux !
– Et moi, je ne le suis pas, je ne le suis pas, cria Ubi. Je ne suis pas du tout heureux, car mon frère est en enfer et il est très malheureux.

Ubi ne se rendit pas compte qu'il se passait quelque chose d'équivalent à ce qu'avait vécu son frère sur terre, quand Obi était devenu furieux et qu'il ne voulait écouter personne. Tous tentaient maintenant de persuader Ubi, de lui expliquer le problème et de l'inciter à redevenir raisonnable. En vain ! Ubi s'obstinait, niait l'évidence et ne cessait de répéter qu'il n'était pas heureux, puisque son frère croupissait en enfer.

Le dieu Maior, qui savait tout, prit aussitôt connaissance de toute l'affaire et se mit à frapper du pied et à tonner si fort, que les habitants du ciel, terrorisés, firent silence. Le pauvre Obi, lui, était noir de boue, car la colère divine en avait répandu de tous côtés.

– Ubi ! tempêta le dieu Maior de tous ces poumons. Ubi, reprends-toi !
– Je veux être avec mon frère, s'obstina Ubi. Avec mon frère !
– C'est impossible ! vociféra dieu, ton frère ne peut pas s'amender. Telle est la loi.

– Dans ce cas-là, c'est moi qui veux aller retrouver mon frère en enfer, implora Ubi.

– C'est impossible, dit dieu en piétinant de colère, impossible ! Celui qui s'est trompé sur terre, ne peut corriger sa faute après sa mort. Et celui qui est au paradis, ne peut aller en enfer. Telle est la loi.

Un événement terrible se produisit alors. Tous furent abasourdis d'épouvante, en voyant la révolte d'Ubi qui hurlait à se faire éclater les poumons : « Ce qui est en bas est en bas, ce qui est en haut est en haut ! Et c'est tout ! Quand c'est en bas, ce n'est pas en haut, quand c'est en haut, ce n'est pas en bas ! Et c'est tout ! » C'était les mots qui avaient valu à son frère Obi d'être envoyé en enfer.

Sidéré, le dieu Maior en perdit la parole. Mais ce n'était là qu'un début. Les plus audacieux habitants du paradis, encouragés par l'exemple d'Ubi, se souvenant qu'eux aussi avaient en enfer un frère, une sœur, des enfants, des parents, une fiancée ou un ami, se mirent tout à coup à soutenir Ubi et à crier avec lui : « Nous ne sommes pas du tout heureux ! Nous préférons aller en enfer ! Ce qui est en bas est en bas ! » De nouveaux insatisfaits arrivaient sans cesse dans le chœur. Enfin, une véritable fureur s'éleva dans le ciel, car tous se souvinrent qu'ils avaient en enfer un ami ou un parent et tous se mirent à répéter d'une seule voix : « Ce qui est en bas est en bas, ce qui est en haut est en haut ! Et c'est tout ! »

Le dieu Maior s'efforça de crier plus fort que le foule et adjura : « Ecoutez tous ! Vous ne pouvez faire ce que vous faites.

Car la loi dit que celui qui n'a commis aucune faute sur terre, ne peut se tromper une fois au paradis. Alors, vous êtes en train de faire quelque chose qui est impossible ! Impossible ! »

Mais personne ne l'écoutait et tous hurlaient en chœur à se casser la voix : « Ce qui est en bas est en bas ! Ce qui est en haut est en haut ! Et c'est tout ! »

La situation était dans une impasse. Le dieu Maior avait envie de les envoyer tous en enfer, mais la loi affirmait que celui qui avait été envoyé au paradis, ne pouvait plus commettre de fautes. Il pensa aussi à faire venir au ciel les habitants de l'enfer, mais ses commandements l'en empêchaient. Enfin, il ne pouvait qu'être inflexible, car la loi punissait les blasphémateurs.

Le dieu Maior comprit qu'il se trouvait dans une situation sans issue. Il n'y avait qu'une seule manière d'en finir. Il monta sur un tabouret et, profitant d'un instant silence, il déclara avec tristesse et colère : « Je donne ma démission ! J'abdique, et je ne vous gouvernerai plus. Débrouillez-vous sans moi ! »

Alors une grande confusion s'éleva. Le paradis était en haut, l'enfer en bas. C'était ainsi pour les hommes, alors que pour dieu c'était l'inverse, du moins jusqu'à ce que dieu fût parvenu à maintenir un certain ordre. Maintenant, du fait de l'abdication de dieu, le paradis commença à s'affaisser (mais pour dieu à s'élever), tandis que l'enfer se mit à s'élever (mais pour dieu à s'abaisser). Le paradis et l'enfer se rencontrèrent à mi-chemin et commencèrent à s'entremêler. Ce qui resta de ce mélange ne fut ni l'enfer ni le paradis. Il y avait pas mal de boue, mais il y avait aussi de la terre sèche ; il y avait des endroits froids, d'autres étaient chauds. Tout le monde était perdu, parce qu'il n'y avait pas de mots dans les lois du dieu Maior pour nommer ce nouvel ordre des choses. Mais tous finirent par se retrouver, qu'ils soient du paradis ou de l'enfer. Frères, amis, parents, ils ne s'étaient plus revus depuis longtemps et ils n'auraient plus jamais dû se rencontrer. Ubi et Obi se retrouvèrent eux aussi et avec joie se jetèrent dans les bras l'un de l'autre.

Depuis ce moment-là, les habitants de la ville de Ruru, qu'ils soient vivants ou décédés, durent se débrouiller seuls. Ce qui était en bas était en bas et en haut ce qui était en haut. Au début, une certaine confusion régna, et puis tous s'habituèrent au nouvel ordre.

Et c'est ainsi que le dieu Maior perdit son pouvoir sur les habitants de Ruru.

La tache rouge

Quelle belle journée ! dit Etam.
– Tu as une tache sur tes pantalons, répondit Nita avec froideur.
– Je n'ai pas de tache !
– Si, tu en as une !
– Non, je n'en ai pas !
– Si, tu as une tache !

Offensé, Etam s'en alla. Il avait en effet une tache rouge sur ses pantalons, mais il estimait que Nita n'avait pas à le lui faire remarquer. Il s'était déchiré les pantalons en grimpant dans l'arbre du voisin afin de cueillir pour Nita une poire, qui n'était d'ailleurs pas mûre.

Par malheur, cette tache ne cessait de croître. Le matin, elle avait la taille d'une prune, l'après-midi elle était devenue aussi grosse qu'une tomate charnue, et le soir elle ressemblait à une belle courge. Etam observait avec une certaine anxiété l'agrandissement de la tache, et comme ce phénomène lui semblait étrange, il se rendit chez Syso, un ami qui savait tout. Syso examina la tache, puis il déclara que c'était la faute de Nita, car Etam avait inutilement cueilli pour elle une poire dans un verger privé. Etam se vexa une nouvelle fois et affirma que Syso était un idiot, qui ignorait la vraie raison de l'élargissement de la tache. Vers minuit, le pantalon se transforma en une grosse tache rouge. En un certain sens, cette issue aurait pu être acceptable mais, inexplicablement, tous ceux qui voyaient ces pantalons savaient qu'en réalité ce n'était qu'une tache, et non des pantalons rouges ou, autrement dit, que ces pantalons n'étaient pas de vrais pantalons, mais des pantalons faits d'une tache. Etam n'avait pas d'autre paire de pantalons, et maintenant, il n'en avait même plus. Il portait une tache.

Pire encore ! Syso, une demi-heure après le départ d'Etam, remarqua que lui aussi avait une tache rouge sur ses pantalons, alors que lui n'avait pas cueilli de poires sur l'arbre du voisin. Il s'avéra qu'il avait été contaminé par Etam. Il courut annoncer la nouvelle à un ami, et l'infecta lui aussi. Le lendemain matin, tous les garçons du village avaient une tache rouge sur leurs pantalons, car ils s'étaient contaminés les uns les autres. Les taches croissaient et le soir, plus personne n'avait de vrais pantalons. Tous ne portaient plus que des taches rouges.

La situation était grave. Il était impossible de se déplacer sans avoir de vrais pantalons ; et puis, c'était plutôt ridicule et même dangereux de porter une tache rouge. Tous les garçons se réunirent, afin de discuter ensemble de la situation et de prendre les mesures nécessaires. Syso fut le premier à prendre la parole :

– Je pense que c'est Etam le fautif. C'est lui qui nous a transmis la tache qu'il a attrapée en cueillant une poire sur

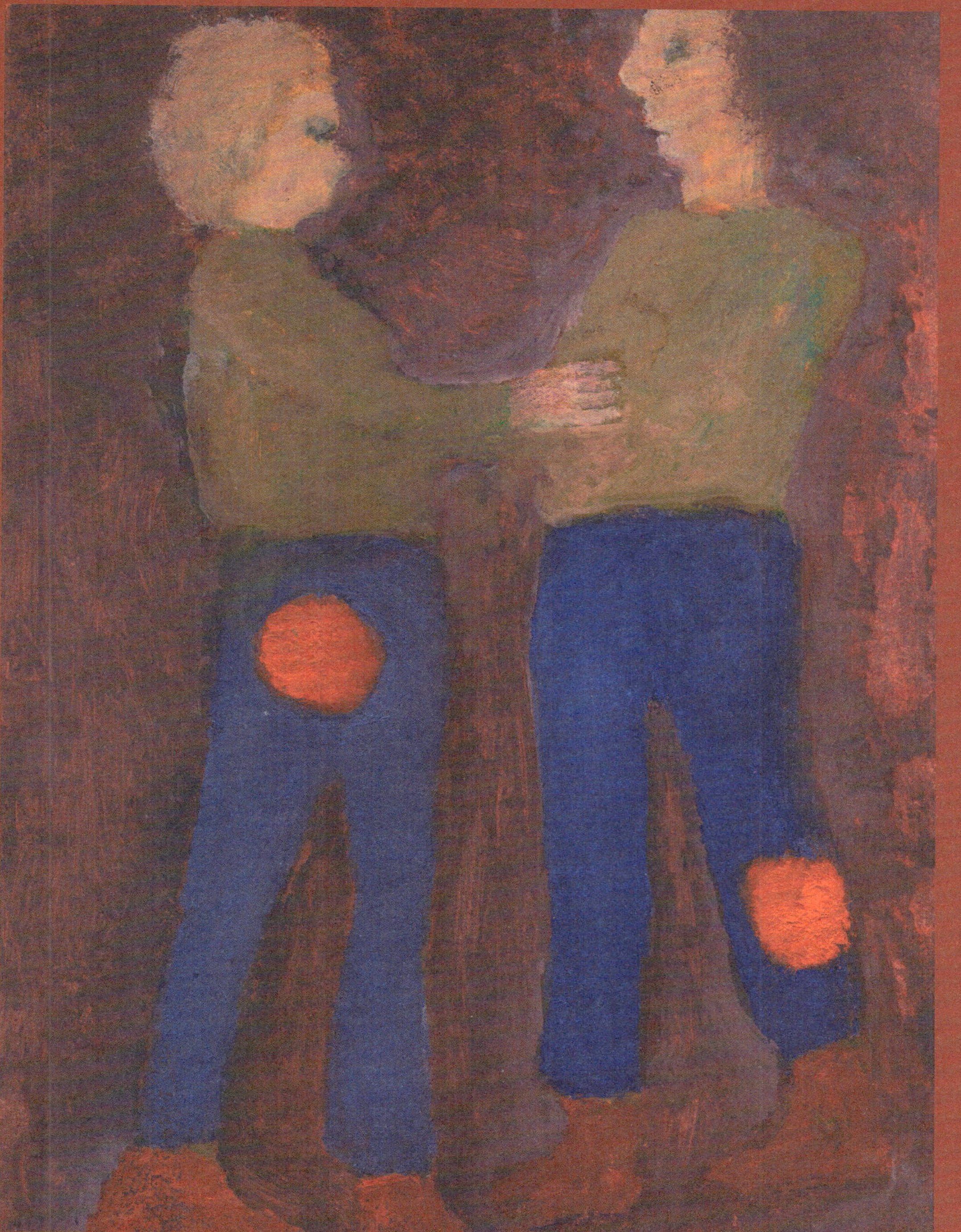

l'arbre de son voisin. Il devrait maintenant nous acheter à tous de nouveaux pantalons.

— Et moi je pense, rétorqua un autre garçon, que c'est Nita qui est coupable, car c'est elle qui a poussé Etam à cueillir une poire. C'est donc Nita qui devrait nous acheter de nouveaux pantalons.

Etam se leva alors et déclara :

— Je suis désolé de vous avoir contaminé avec ma tache. Je ne savais pas que cela se passerait ainsi et je ne pouvais en aucune manière le deviner. Et vous savez bien que je ne vous achèterai pas de pantalons, car je n'ai pas d'argent. Je ne peux même pas m'en payer une nouvelle paire pour moi-même.

Ayant dit cela, il se rassit. L'affaire paraissait insoluble, car tous savait bien que ni Etam ni Nita n'avaient les moyens d'acheter des pantalons à tous les garçons du village.

— Alors, qu'allons-nous faire ? s'écria Syso. Nous ne pouvons tout de même pas nous déplacer sans pantalons !

— Nos parents vont nous en acheter, dit l'un des garçons.

— Ne dis pas de sottises, éclata Syso. Qui parmi vous a jamais vu des parents acheter des pantalons. Non, nous devons régler cette affaire nous-mêmes.

A ce moment-là, Nita rejoignit l'assemblée des garçons. Personne ne l'avait invitée, mais personne non plus ne voulait la repousser. Nita était très belle et tous se plaisaient à la regarder. Ils attendaient maintenant d'elle un conseil, parce que Nita était la principale responsable des taches et de la disparition des pantalons. « Alors, à ton avis, que faire ? » crièrent-ils d'une seule voix.

— J'ai une idée, répondit Nita. Nous allons considérer ces taches comme des pantalons.

— Que veux-tu dire par là ?

— Eh bien, nous allons affirmer que ce que vous portez, ce ne sont pas des taches, mais des pantalons rouges tout à fait ordinaires.

— Mais tout le monde voit du premier coup d'œil que ce ne sont pas des pantalons, mais des taches.

— Mais non ! Chacun pense que ce sont des taches, parce que chacun se rappelle comment elles sont apparues. Mais si nous appelons les taches des pantalons, personne ne remarquera rien.

L'idée plût aux garçons, d'autant plus que personne n'en avait d'autres. Ils déclarèrent donc à travers le village que tous les garçons portaient des pantalons rouges et que personne n'avait de tache. Et cela réussit. Les vieux reconnurent que les garçons avaient des pantalons rouges, et l'affaire fut oubliée.

Mais c'était la fin des vacances et les garçons devaient retourner à l'école. Ils s'y rendirent donc et s'assirent sur les bancs. Quand l'instituteur pénétra dans la classe, il les toisa du regard et fut sidéré de ce qu'il voyait.

— Hé les garçons, cria-t-il avec horreur. Qu'est que ça veut dire ?! Vous êtes venus à l'école sans pantalons ?!

— Comment donc ? répondirent-ils. Nous avons tous des pantalons. De nouveaux pantalons rouges !

— Honte à vous, dit l'enseignant. Personne parmi vous ne porte ne serait-ce même que des bouts de pantalon. Vous portez des taches, je le vois bien. Pas l'ombre d'un pantalon. Rentrez tout de suite à la maison et ne revenez ici qu'avec des pantalons. Je n'enseignerai pas à des élèves qui viennent étudier sans leurs pantalons, car cela porterait atteinte à ma dignité d'enseignant.

Ayant ainsi parlé, il sortit de la classe. Un véritable boucan s'éleva alors, toute la classe criait, les élèves s'interpellaient et s'efforçaient de comprendre comment l'enseignant avait pu reconnaître qu'ils ne portaient pas de pantalons, mais seulement des taches.

— Qu'est-ce qu'ils ont ces pantalons, s'inquiéta Etam, comment peut-on dire qu'ils sont des taches et non de vrais pantalons ?

— J'ai une idée, s'exclama Nita.

Le boucan redoubla de force. Les garçons d'abord ne voulurent pas écouter Nita, parce qu'elle leur avait déjà donné un mauvais conseil auparavant, qui n'avait en rien résolu l'affaire. Mais comme aucun d'eux n'avaient non plus la moindre idée nouvelle, ils acceptèrent de l'écouter.

— Voilà mon idée, s'exclama Nita. Dernièrement, aucun de vous n'est monté aux arbres, car vous aviez tous peur de vous écorcher les pantalons. L'un de vous doit toutefois monter dans un arbre, faire un trou à ses pantalons et après les recoudre. Ensuite, il devra contaminer les autres. Avant, vous aviez été infectés par une tache, mais cette fois-ci une tache se fera sur la tache et ce seront des pantalons. Enfin, vous vous contaminerez les uns les autres avec vos pantalons, comme auparavant avec les taches, et vous tous aurez à nouveau des pantalons.

– Essayons, répondit Syso avec désespoir. Nous n'avons pas d'autre solution. Mais qui va monter dans l'arbre ?

– Comment cela, qui ? Etam, évidemment !

Etam monta dans un arbre et se fit un grand trou. Il le raccommoda ensuite n'importe comment, puis les garçons s'assirent les uns à côté des autres, attendant la contamination. Ils patientèrent longtemps, sans résultat aucun. Ils étaient furieux contre Nita, qui une nouvelle fois leur avait donné un mauvais conseil. Personne ne fut infecté.

Alors qu'ils étaient assis ensemble au bord de l'étang, le facteur arriva sur son vélo. Tout le monde sait que les facteurs sont des hommes intelligents, en réalité les plus intelligents au monde. Il vint donc à l'esprit des garçons l'idée que le facteur pourrait sûrement leur conseiller quelque chose de raisonnable. Ils lui demandèrent de s'arrêter et lui racontèrent toute l'affaire depuis le début.

Le facteur éclata de rire devant tant d'ignorance.

– N'avez-vous donc rien appris à l'école ? Votre professeur a dû vous enseigner que seules les taches sont contagieuses, et non les pantalons.

Mais les garçons ne savaient rien de tout cela. C'était pour eux une vérité nouvelle, qui d'ailleurs ne résolvait en rien leur problème. Et puis le facteur affirma qu'il allait bientôt pleuvoir et s'en fut sur son vélo.

Comme ils n'avaient reçu aucun bon conseil et qu'il était de toute façon trop tard pour trouver une solution, les garçons s'amusèrent à grimper dans les arbres, ce qu'ils n'avaient plus fait depuis longtemps. Ils se firent aussitôt de grands trous aux pantalons, mais cela leur était devenu parfaitement égal. Tous raccommodèrent n'importe comment les trous et le lendemain matin les garçons se rendirent à l'école avec les mêmes pantalons rouges – comme ils les appelaient – si ce n'est que dorénavant ils étaient pleins de trous mal raccomodés.

Quand arriva le professeur, son regard parcourut la classe. Les garçons attendaient sa réaction avec angoisse, car la situation était en réalité encore bien plus désespérée que la veille : ils avaient à nouveau ces mêmes pseudo-pantalons, qui n'étaient plus des pantalons, et qui en plus cette fois-ci étaient troués et rapiécés au petit bonheur.

Mais, ô surprise ! le professeur, après avoir examiné la classe, hocha la tête en signe d'approbation. « Alors, les garçons, je vois que vous avez pris à cœur ce que je vous ai dit hier. Vous avez enfin des pantalons ».

Les garçons furent pétrifiés d'étonnement. Etam, qui était le plus courageux, finit par se lever et déclara : « Monsieur le professeur, nous avons les mêmes pantalons qu'hier, mais cette fois-ci nous avons fait des nouveaux trous et nous les avons raccommodés n'importe comment ».

Le professeur sourit à cette remarque : « Mes chers élèves – répondit-il – hier, aucun de vous n'avait de pantalons, mais des taches. Entendez bien – des taches, et non des pantalons troués. Aujourd'hui, vous avez des pantalons troués. En effet, des taches trouées et rapiécées, cela n'existe pas, vous ne pouvez donc porter que de vrais pantalons. C'est ce que je voulais. Je ne vous avais pas dit que je ne voulais pas de trous, j'ai au contraire exigé que vous portiez des pantalons, comme vous en avez maintenant. Tout est donc en ordre pour moi ».

Le cours commença enfin et le professeur parla des branchies des poissons. Les garçons étaient étonnés et ne savaient que penser des propos de leur professeur. Mais ils ne purent trouver de réponse, ni pendant ni après la leçon. Ils rentrèrent à la maison, avec leurs pantalons rouges rapiécés.

Depuis ce jour, Nita fut considérée comme une fille très avisée, car c'était grâce à ses conseils que les garçons avaient recouvré leurs pantalons. Ceux-ci étaient certes tachés, mais mieux vaut avoir des pantalons tachés que de ne pas en avoir du tout. A la question de savoir pourquoi il était possible d'être contaminé par les taches et non par les pantalons, le professeur promit d'y répondre plus tard, quand les élèves seraient plus mûrs. Ils étaient trop jeunes encore, leur expliqua-t-il, pour en comprendre la raison profonde.

* * *

Chers enfants ! Ce conte, absolument vrai dans tous ses détails, peut aussi être très utile pour vous. Il enseigne que vous ne devriez jamais cueillir de poires vertes sur l'arbre de votre voisin, sinon vous pourriez provoquer d'inutiles complications vestimentaires. Alors, ne cueillez pas les poires sur l'arbre du voisin !

La guerre avec les choses

Les crêpes à la confiture sont réputées pour leur sale caractère. Elles se comportent avec couardise et perfidie, et puis elles ne comprennent rien aux choses profondes. Souvent, elles se mettent à pleurer (c'est affligeant, une crêpe qui pleure !), mais à peine avons-nous le dos tourné qu'elles se moquent de nous. Elles multiplient les mauvais tours, qui surprennent les gens et leur ruinent l'humeur.

C'est pourquoi Ditto fut soulagé quand les crêpes, offensées par sa mine boudeuse, s'échappèrent du plat et quittèrent les unes après les autres la salle-à-manger. Mais quand arriva Lina et qu'elle aperçut le plat vide, elle fut désagréablement surprise.

— Ditto, dit-elle, pourquoi as-tu mangé toutes les crêpes sans ne m'avoir rien laissé ?

— Je n'en ai mangé aucune, se défendit Ditto.

— Et puis quoi, encore ? Tu veux peut-être me dire que les crêpes sont parties en promenade ?

— Oui, j'avais en effet l'intention de te le dire.

— Que tout bonnement, elles se sont échappées de l'assiette et qu'elles ont disparu ?

— Oui, c'est vrai, elles ont quitté le plat et sont parties.

— Tu es un horrible menteur, Ditto, répondit Lina en pleurant. A cause de toi, je n'aurai rien à manger pour le déjeuner.

— Mais Lina, réfléchis donc, moi non plus je n'ai rien mangé.

— Tu n'as rien mangé, rien mangé ! Mais alors, où sont les crêpes ?

— Je te le répète, elles sont parties.

— Et bien alors, pars à leur recherche et ramène-les vite dans l'assiette !

Ditto sortit de la maison et se mit à la poursuite des crêpes. Cela ne dura pas longtemps, car tout le monde sait que les crêpes ne sont pas très rapides. Elles n'étaient donc pas très loin de la maison quand Ditto parvint à les rattraper. Il se jeta sur elles pour les récupérer et les rapporter à la maison, mais les crêpes, tout en poussant des cris stridents, s'échappèrent de ses mains et s'éparpillèrent de tous côtés. Ditto ne savait plus où courir ni laquelle il devait pourchasser en premier. Mais après une demi-heure de poursuite, il réussit à les capturer. Malgré qu'elles fussent dégoulinantes de confiture, il les bourra dans ses poches et, avec triomphe, il courut à la maison, où l'attendait Lina, toujours offensée.

Et alors ? demanda-t-elle avec malice, les as-tu rattrapées, ces crêpes ?

— Naturellement, que je les ai rattrapées, répondit Ditto. Certes quelques-unes se sont échappées, mais j'ai réussi à récupérer la plupart d'entre elles.

En disant cela, Ditto sortit de sa poche des crêpes toutes effilochées, gluantes et criardes. Ses vêtements étaient couverts de confiture et Lina le dévisagea avec une mine épouvantée.

— Ditto, dit-elle, tu t'es sali pour rien !

— C'est pourtant toi qui voulais que je retrouve les crêpes. Tant pis, tu les as maintenant. Mais, au moins, ne critique pas mes vêtements.

— Tu n'es qu'un menteur, Ditto, cria Lina. Tu as acheté des crêpes au magasin, et maintenant tu voudrais me faire croire que ce sont les mêmes qui seraient parties en promenade.

— Mais, Lina, interroge les crêpes, qu'elles te racontent elles-mêmes ce qui s'est passé.

Lina demanda à une crêpe si c'était vrai qu'elles avaient été dans le plat et qu'ensuite elles étaient parties en promenade. Mais la crêpe, qui avait deviné la raison de la dispute, répondit par pure méchanceté qu'il n'en était rien, qu'elle n'avait encore jamais été ici et que Ditto venait de l'acheter chez le pâtissier. Toutes les crêpes répétèrent les unes après les autres la même histoire, et Ditto écouta avec colère leurs mensonges, sachant bien que Lina ne le croirait plus dorénavant. Quand Lina voulut dire quelque chose, il l'interrompit aussitôt :

— Lina, tu ne vas tout de même pas croire ces horripilantes crêpes plus que moi. Tu sais pourtant qu'elles ne sont que de sales menteuses !

— C'est toi le menteur, cria Lina ! Comment des crêpes auraient-elles pu imaginer une pareille histoire ?

Ditto soupira et sortit, laissant Lina à ses crêpes, qu'elle se mit à manger avec une mine dégoûtée. Encore indigné par la bassesse des crêpes, Ditto se rendit à la salle de bains, car il avait résolu de créer une alliance. Il pensa à la pâte dentifrice qui, d'après sa propre expérience, avait un caractère charmant et doux. Il voulut entamer la conversation avec elle, mais à peine avait-il ouvert le tube que la pâte s'en échappa en poussant un cri strident. Ditto fut terrifié et quand Lina vint à la salle de bains et qu'elle vit la pâte dégoulinant du tube, une moue terrible contracta son visage.

— Ditto, à nouveau tes gamineries ?

— Mais, pas du tout, la pâte s'est extraite toute seule du tube.

— Ditto, tu es incorrigible, répondit Lina, amère. Peut-être devrais-je interroger la pâte pour savoir qui l'a fait sortir du tube ?

Mais celle-ci, sans attendre d'être interpellée, prétendit que Ditto avait pressé le tube pour l'en extraire. Les explications de Ditto ne servirent à rien. C'était lui le coupable et la méchanceté de la pâte dentifrice le plongea dans une profonde lassitude.

À partir de ce moment, les choses se mirent à conspirer contre Ditto et elles s'efforcèrent à chaque occasion de le compromettre. Quand il s'étendit sur son lit, l'oreiller se déchira à grand fracas, laissant s'échapper un nuage de plumes, qui se répandirent sur la marmelade que venait de préparer Lina. Le coussin, avec impudence, accusa ensuite Ditto de l'avoir déchiré tout exprès. Et puis un clou se décrocha du mur, y faisant un trou profond qu'il serait difficile ensuite de colmater. Évidemment, le clou prétendit que Ditto l'avait arraché. Et puis une vitre, qui éclata en mille morceaux sans même avoir été effleurée, raconta ensuite à Lina que Ditto l'avait volontairement brisée avec son coude.

Les boutons des pantalons et des vestes disparaissaient et se cachaient dans des endroits inconnus, et si l'un d'eux restait à sa place, ce n'était que pour dénoncer Ditto d'avoir arraché les autres boutons et de les avoir égarés ou perdus au jeu de billes. Les chaussures se trouaient en toutes sortes d'endroits, les mouchoirs s'égaraient, les chemises se couvraient de taches grasses impossibles à nettoyer, et l'encrier se vidait en glougloutant et en faisant d'énormes taches sur la moquette.

La vie de Ditto s'était transformée en une âpre lutte avec les choses et que c'était une lutte sans espoir, puisque Lina ne le croyait jamais et qu'elle prenait toujours le parti des choses. Lina avait pour celles-ci une confiance aveugle et Ditto était livré à lui-même. Ils se querellaient sans cesse et jamais l'un d'eux n'arrivait à persuader l'autre : Ditto connaissait la malice et la fourberie des choses, par contre Lina était persuadée que Ditto détruisait et perdait tout par pure méchanceté. Et quand elles étaient en présence de Lina, les choses ne faisaient rien de mal, elles étaient aimables même, comme si elles considéraient Lina comme leur complice.

Et puis, même les choses qui étaient des parties du corps de Ditto, se mirent à lui jouer de mauvais tours. Ses cheveux tombaient par touffes entières et Lina affirma que Ditto faisait exprès de devenir chauve. Son cœur battait de plus en plus faiblement et Ditto était incapable de s'entendre avec lui. L'une de ses oreilles devint énorme et difforme, et Lina cria que Ditto lui-même avait décidé de s'enlaidir, dans l'unique intention de la mettre en colère.

Ayant appris la manière dont les choses pouvaient se montrer perverses, Ditto en conclut qu'il était devant une alternative : soit il se transformerait lui-même en chose, soit il se libérerait d'elles. Mais après une courte réflexion, il rejeta cette dernière idée, car il ne savait pas comment il pourrait, par exemple, se défaire de choses qui dépendaient directement de lui, comme les pieds, les mains ou même la tête. « Si au contraire, pensa-t-il, je me transformais moi-même en chose, je pourrais alors prouver à Lina leur incontestable malignité, ou alors éduquer d'autres choses afin qu'elles cessent de jouer de mauvais tours ».

Ditto se déguisa ainsi en crêpe à la confiture, parce que c'était les crêpes qui étaient à l'origine de tous ses problèmes. Ce n'était pas facile de tenir le coup dans un pareil accoutrement, mais il est possible de s'accoutumer à tout. Ainsi, quand Lina se fit des crêpes à la confiture, Ditto, déguisé, s'empressa de sauter dans l'assiette. D'abord il sermonna les crêpes, en s'efforçant de leur faire honte et de leur expliquer que leurs taquineries étaient indécentes. Mais les crêpes surent aussitôt qu'elles avaient affaire à une fausse crêpe, à une crêpe déguisée, et elles refusèrent de l'écouter. Ditto tenta alors une autre tactique : il encouragea les crêpes à faire des bêtises et leur conseilla de sauter de l'assiette pour salir la robe de Lina avec de la confiture ; il espérait par ce moyen persuader Lina de la méchanceté des choses. Mais les crêpes n'avaient pas l'intention de l'écouter, elles se laissèrent manger sans aucune résistance, et Ditto s'échappa au dernier moment de l'assiette.

L'échec de cette tentative ne le découragea pas encore. Il voulut tenter la chance dans une autre catégorie et se déguisa en un bouton du manteau de Lina. Et de nouveau la même chose se répéta : il fut aussitôt reconnu par les autres boutons comme un faux bouton et il ne réussit pas à convaincre ceux-ci de faire à Lina quelque méchanceté. Il essaya de se détacher lui-même du manteau et de se perdre, mais n'ayant pas de pratique, il n'arriva à rien de concluant.

Ditto se rendit compte que l'affaire était sans issue : les choses s'acharnaient contre lui et refusaient de s'opposer à Lina. Elles se comportaient envers celle-ci d'une manière tout à fait amicale et elles lui permettaient tout ce qu'elle voulait. Par contre, envers Ditto, les choses étaient vilaines et malicieuses, et aucun discours ni aucune leçon n'y changeraient rien.

Ditto recouvrit alors son ancienne condition. Il comprit qu'il était impossible d'éduquer ou de changer les choses, mais qu'il fallait être avec elles dur et sévère, afin de les forcer à l'obéissance. Mais comment faire ? Ditto essaya d'abord d'exterminer les choses : pour indigner Lina, il coupa les crêpes en petits morceaux et les jeta à la poubelle ; il pressa la pâte dentifrice et la versa dans l'évier ; il arracha les boutons des vêtements et les jeta ; il vida l'encrier dans la rue et brisa les glaces dans l'escalier. Lina cria, pleura, piaffa. Ditto continua pendant quelque temps encore, mais il comprit que les choses – meurtries, broyées, déchirées, détruites – se comportaient avec une parfaite indifférence, comme si elles étaient mortes, et ne se rebellaient pas du tout contre les méfaits de Ditto. Il se rendit compte qu'il n'arriverait jamais à avoir une explication définitive avec les choses et que le combat était sans espoir.

Ditto prit alors conscience qu'il avait perdu la guerre. Il se rendit en admettant sa défaite. Tous ses efforts avaient été vains. Les guerres doivent bien se terminer un jour, d'une manière ou d'une autre, qu'elles soient perdues, gagnées ou abandonnées. La guerre fut perdue pour Ditto, et il n'y avait rien d'autre à ajouter. Conformément aux usages des temps barbares, quand les vaincus devenaient prisonniers des vainqueurs, Ditto devint l'esclave des choses.

C'est pourquoi, quand Lina apporta sur la table des crêpes à la confiture et qu'elle sortit un instant de la cuisine, Ditto se contenta d'observer comment les crêpes, les unes après les autres, descendirent de l'assiette et, avec un malin sourire, quittèrent la pièce.

Comment fut résolu le problème de la longévité

Il y a très longtemps, la Lailonie avait une frontière avec le petit royaume de Gorgola. Il y a très longtemps, demandez-vous, et aujourd'hui ? Eh bien, aujourd'hui cette frontière a cessé d'exister, et les causes des étranges événements qui provoquèrent la disparition de Gorgola sont relatées dans les chroniques de la Lailonie, lesquelles nous ont transmis toutes les péripéties de cette histoire.

A l'époque, le royaume de Gorgola était gouverné par le très sage roi Hanuk. Il était un bon souverain, qui de toutes ses forces voulait contribuer au bien-être de ses sujets, un fait rarissime en ces temps-là. Le roi Hanuk se rendit compte que la vie des habitants de son royaume était trop brève et il désira y trouver un remède. Il pensa que s'il demandait l'aide des plus forts esprits de son royaume, il serait sûr de trouver un moyen qui permettrait aux hommes de vivre plus longtemps.

Au sommet d'une tour solitaire qui dominait la cité de Pambruk, vivait un astrologue qui s'appelait Majoli. C'était un grand maître, et il n'y avait personne au monde qui connaissait l'univers aussi bien que lui. Il dormait le jour et passait ses nuits à observer les étoiles avec un télescope. Il avait trois disciples qui, sous sa direction, apprenaient à devenir comme lui d'éminents astrologues. En observant tout ce qui se passait dans le ciel et en examinant le mouvement des étoiles, les astrologues rendaient de grands services aux hommes. L'un de ses disciples, du nom de Dronk, travaillait la nuit, l'oeil collé au deuxième télescope, et suivait le cours des étoiles. Les deux autres élèves, qui s'appelaient Mino et Klepo, travaillaient le jour et scrutaient en particulier le soleil et les nuages. Ainsi, l'astrologue Majoli et son disciple Dronk travaillaient la nuit, tandis que Mino et Klepo étudiaient pendant la journée. C'est pourquoi ils ne se voyaient jamais, car quand les deux premiers travaillaient, les deux autres dormaient, et vice-versa. (Il faut remarquer ici que dans le royaume de Gorgola le jour et la nuit ne paraissaient jamais au même moment ; quand il faisait jour, la nuit n'était pas encore arrivée, et avant que la nuit ne disparaisse, le jour ne voulait pas se montrer ; tel était l'ordre des choses dans ce royaume et personne n'avait réussi à le changer).

Le roi Hanuk pensa que l'astrologue Majoli et ses disciples seraient capables de dire par quels moyens les sujets de son royaume pourraient s'assurer une longévité exceptionnelle. Il les encouragea donc à faire des études sur ce sujet et promit une belle récompense. L'astrologue Majoli, flatté par la requête du roi, ordonna à ses disciples d'entreprendre aussitôt les investigations appropriées et promit qu'au plus tard dans sept ans il pourrait communiquer les résultats de leurs recherches.

A la même époque vivait dans le royaume de Gorgola un célèbre médecin, qui se nommait Ipo. Celui-ci avait deux disciples – Ramo et Najna. Ces éminents docteurs étaient capables de guérir toutes les maladies. Ils passaient leur temps dans un laboratoire plein de flacons, de tuyaux, de brûleurs et d'autres instruments à l'aide desquels ils inventaient, en puisant dans leur art inconnu des autres mortels, de nouveaux remèdes, susceptibles de guérir les plus graves maladies. Vers eux aussi se tourna le roi Hanuk, afin qu'ils trouvassent la panacée de la longévité. Le médecin Ipo accepta volontiers la volonté du roi, d'autant plus qu'il comptait, quand il aurait réussi à allonger la vie des hommes, acquérir une telle renommée et célébrité qu'il deviendrait la deuxième personnalité du royaume. Il répondit toutefois au roi que ses disciples et lui-même auraient besoin de sept années pour mener à terme leurs recherches.

Ainsi, quatre astrologues et trois médecins se mirent au travail, persuadés qu'après sept ans d'études, ils pourraient révéler aux hommes le moyen de prolonger la vie. Sept ans, c'est long, certes, mais une œuvre d'une telle importance nécessitait vraiment un tel nombre d'années. Le roi Hanuk n'avait d'ailleurs pas contesté les exigences des savants, car il savait qu'un temps plus court serait insuffisant pour accomplir une tâche d'une telle envergure.

Sept ans, c'est long certes, mais ces longues années finissent bien par s'accomplir un jour. Cette période s'acheva en effet, exactement après sept années. Le jour dit, le grand théâtre royal fut rempli d'hôtes, et toute l'élite du pays avait afflué et formé un sensationnel rassemblement, afin de pouvoir écouter les sept savants qui devaient présenter les résultats de leurs recherches et révéler aux hommes le secret de la longévité. Des haut-parleurs avaient été installés partout en ville, afin que les habitants de la capitale qui n'avaient pas obtenu de place dans le théâtre aient eux aussi la chance d'écouter les discours des savants. Car le roi Hanuk exerçait vraiment un pouvoir bienveillant.

Quand le souverain annonça la venue de l'astrologue Majoli, de bruyants applaudissements retentirent dans le théâtre. Le grand astrologue, vieilli de sept années, monta à la tribune et fit un bref discours qui divulguait les principales conclusions de ses études.

— J'ai découvert le moyen de sextupler la durée de vie de tous les hommes, affirma d'emblée le savant Majoli, provoquant dans la salle un murmure de considération qui se répandit comme un souffle de vent. Un moyen simple et peu coûteux, poursuivit-il, et avec cela infaillible. En effet, j'ai inventé une montre dont les aiguilles tournent six fois plus vite que nos montres actuelles. Supposons que, suivant l'ancien décompte temporel, nous nous retrouvions ici dans un an. Pendant cette période, selon la nouvelle montre, ce n'est pas une année qui se serait écoulée, mais six. Si la mort d'un individu devait advenir dans une décennie, en réalité sa vie se prolongerait pendant soixante ans encore. Un enfant qui naît aujourd'hui et qui deviendra sexagénaire mourra en réalité dans trois cent soixante ans. Dois-je expliquer plus longtemps les avantages de mon système ? Chacun voit que le problème de la longévité est désormais résolu.

Ayant achevé son exposé, l'astrologue Majoli lissa sa barbe et s'assit. Une partie de la salle applaudit avec chaleur ce discours, jusqu'au moment où l'astrologue Dronk, avec un sourire cynique aux lèvres, monta à la tribune.

— Je suis désolé, messieurs, dit l'astrologue Dronk, de devoir m'opposer aux déductions de mon vénérable professeur. Selon mes propres recherches en effet, le système qu'il nous propose ne vaut rien. C'est vrai que les aiguilles des montres tourneront plus rapidement, mais qu'est-ce que cela change en réalité ? Une heure restera toujours une heure, même si les aiguilles de la montre tournent six fois au lieu d'une pendant cette période de temps. Mon système ne recourt pas à de tels artifices. Mais il assure pour de vrai la longévité à tous les habitants du royaume, y compris à notre bien-aimé souverain. Voici en résumé l'essentiel de ce système : les dieux ont déterminé pour chaque être humain le jour et l'heure de sa naissance et de sa mort. Tout en obéissant au livre de la vie créé par les dieux, mon système permet de mesurer d'une toute autre manière le temps humain. J'ai en effet créé une montre qui, au contraire de l'invention risible et inutile de mon maître, fonctionne six fois plus lentement que les montres actuelles. J'ai d'autre part imaginé un calendrier auquel on arrachera une seule page tous les six jours. Ainsi, le jour et l'heure qui ont été déterminés pour chacun de nous, moment après lequel chaque homme doit quitter la terre pour entrer dans le royaume de l'ombre, tombent en réalité six fois plus tard que lors de l'actuel décompte temporel. Chacun vivra aussi longtemps que le prévoit le livre de la vie, qui ne peut être changé, et cependant chacun vivra en réalité six fois plus longtemps. Voilà mon système, Messieurs !

L'astrologue Dronk retourna à sa place, et une partie de la salle applaudit bruyamment son discours. Mais l'orateur suivant montait déjà sur l'estrade. L'étudiant astrologue Mino commençait en effet son exposé.

– Messieurs, dit-il, vous avez certainement compris que les déductions de mes prédécesseurs étaient dépourvues de sens. L'astrologue Dronk vous a déjà démontré l'absurdité du système du professeur Majoli, mais ce qu'il propose lui-même est absurde et, surtout, blasphématoire, puisqu'il repose sur un projet qui veut tromper les dieux. Mais les dieux ne se laissent pas berner ainsi et vous, Messieurs, il ne vous viendrait jamais à l'esprit d'entreprendre une œuvre aussi perverse. Mon système à moi est différent. Il ne s'agit pas de ralentir le passage du temps sur le cadran d'une montre ou sur les pages d'un calendrier, mais de faire en sorte qu'il coule réellement plus lentement. Comment s'y prendre ? La solution est très simple ! Tous les matins, un nouveau soleil paraît à l'horizon derrière les forêts, et tous les soirs il disparaît à l'horizon de l'autre côté, s'abîmant dans la mer. Il faut changer cela. A l'Est, il faut envoyer des oiseleurs avec des nasses, et là où le soleil paraît, au-dessus des forêts, ils devront jeter leur filet afin de retenir le soleil et retarder ainsi son ascension. De l'autre côté, sur la mer, les pêcheurs veilleront avec leurs filets et tâcheront de ralentir la chute du soleil dans la mer. Le temps de ce travail sera estimé de telle manière que le jour et la nuit durent chacun six fois plus longtemps. Ainsi, la durée de notre vie, qui compte un nombre déterminé de jours et de nuits, sera rallongée six fois. Voici, Messieurs, le véritable système qui va assurer à tous la longévité de la vie !

Ayant dit cela, il se rassit. A nouveau une tempête d'applaudissements se fit entendre dans une partie de la salle, alors que dans l'autre un grondement d'insatisfaction se levait. Klepo, le dernier astrologue, présenta alors sa proposition.

– Je déplore, Messieurs, que chaque nouveau projet que vous avez entendu jusqu'à présent, se révèle plus insensé que le précédent. Freiner le soleil dans sa course ? Soit, mais pourquoi cela devrait-il allonger la vie ? Nous vivrions de toute façon aussi longtemps qu'auparavant, à la seule différence que notre vie comptera six fois moins de jours et de nuits, lesquels dureront six fois plus longtemps. Non, Messieurs, de tels systèmes ne peuvent servir qu'à vous troubler l'esprit. Mais vous, vous ne vous laisserez pas égarer ainsi, n'est-ce pas ? Je vais vous présenter un moyen qui est fondé sur de véritables et profondes études, et qui n'a rien à voir avec les impostures de mes prédécesseurs. Examinant le problème de la longévité, je me suis d'abord efforcé de comprendre pourquoi la vie des hommes est si brève. J'en ai découvert les causes, et je suis prêt maintenant à vous les révéler. Voici donc le secret qui explique que notre vie soit si éphémère : les hommes s'ennuient. L'ennui sévit dans le monde, messieurs, et c'est pour cette raison que l'homme meurt si brusquement. Afin de vivre plus longtemps, il faut donc faire en sorte que le monde cesse d'être ennuyeux. Mais en fait, pourquoi est-il ennuyeux ? En voici la raison : le monde est ennuyeux, parce que le ciel a toujours la même couleur. Et comme le ciel occupe une partie considérable de notre champ de vision, l'uniformité si évidente de cette bâche céleste ne peut que susciter en nous un ennui infini. Ainsi, notre vie est brève, Messieurs, et la raison en est que le ciel n'a qu'une seule couleur. Par bonheur, il y a une solution à cela. Envoyons au ciel des ouvriers avec des tonneaux remplis de différentes couleurs et des pompes à incendie. Une fois à proximité du ciel, les ouvriers mettront en marche leurs pompes et peindront le ciel d'azur avec six couleurs différentes. Une partie du ciel demeurera bleue, alors que les autres seront rouge carmin ou vert céladon, noires, jaunes ou encore argentées. Dès lors, au lieu de s'ennuyer en regardant éternellement la même couleur et de mourir d'ennui, nos yeux vont s'égayer en contemplant un ciel coloré de six couleurs différentes. Grâce à cela, notre vie sera six fois plus longue. Telle est, Messieurs, ma théorie qui, je le crois et le lis dans vos yeux, va emporter l'entière approbation qu'elle mérite.

A nouveau, une partie du public ne manqua pas de manifester une vive sympathie pour le curieux projet de l'astrologue. L'ovation fut brève toutefois, car un nouveau savant s'était avancé sur la tribune. Le tour du fameux médecin Ipo était en effet arrivé. Voici son discours :

— Vous venez d'entendre, Messieurs, un si grand nombre d'absurdités, que je ne serais pas étonné si, vaincus par l'ennui, vous ne sortiez de cette salle d'où vous n'espérez plus entendre aucun discours raisonnable. Et pourtant, je vous demande encore un peu de patience, car il s'agit ici de la longévité, un problème qui est, vous le savez bien, de toute première importance. Mais moi, j'ai résolu ce problème, et je pense bien l'avoir résolu de manière définitive. En conduisant mes recherches scientifiques, je me suis demandé quelle créature vivait le plus longtemps, ceci afin de déterminer quel était le moyen qui assurait la longévité. Il s'est avéré que l'animal qui vit le plus longtemps est la tortue. Oui, Messieurs, la tortue vit six fois plus longtemps que l'homme. Et que fait la tortue ? Elle porte une carapace, se déplace avec lenteur et remue la queue à un rythme modéré. Que doit donc faire l'homme afin de vivre plus longtemps ? Il doit ressembler à une tortue ! Voici ma solution, dont vous allez aussitôt comprendre les avantages et la simplicité. Il nous faut, Messieurs, nous pourvoir d'une carapace, conforme à notre taille, cesser de marcher sur deux jambes et se mettre à traîner à quatre pattes ; et il nous faut encore nous attacher une queue et la remuer à un rythme modéré. Nous nous habituerons sans problème à une telle vie, d'autant plus que nous serons guidés par un but sublime. Croyez-moi, Messieurs, c'est là l'unique solution raisonnable à notre problème.

Les vivats et les applaudissements résonnèrent à nouveau dans une partie de la salle, jusqu'à ce que l'étudiant en médecine Najna éleva la main pour montrer qu'il allait parler à son tour.

— Messieurs, j'ai honte de l'avouer, mais vous avez pu par vous-mêmes évaluer toute la misère du projet qui vient de vous être présenté par le respectable professeur Iso. Il veut nous transformer en tortue, en un vulgaire quadrupède sans intelligence qui rampe par terre. Oui, nous devons devenir des bêtes, messieurs ! Seul quelqu'un qui se serait déjà transformé en animal pourrait nous faire une proposition pareille. Mais jetons un voile de silence sur cet incident de mauvais goût, oublions-le comme nous avons oublié les péroraisons des astrologues qui ont discouru devant vous sans être, j'en suis persuadé, tout à fait maîtres de leurs pensées. Vous voulez pourtant connaître le secret de la longévité. Eh bien, il m'est permis d'affirmer sans vanterie aucune que j'ai découvert ce secret et vous serez étonnés d'entendre combien la solution en est simple et peu exigeante. Elle tient en un seul mot : les épinards. Oui, Messieurs, les épinards ! Les recherches que j'ai conduites avec ferveur et abnégation pendant sept années ont démontré de manière définitive qu'il faut manger beaucoup, énormément d'épinards, et que c'est grâce à cet aliment que notre vie à tous va se prolonger indéfiniment. Les épinards

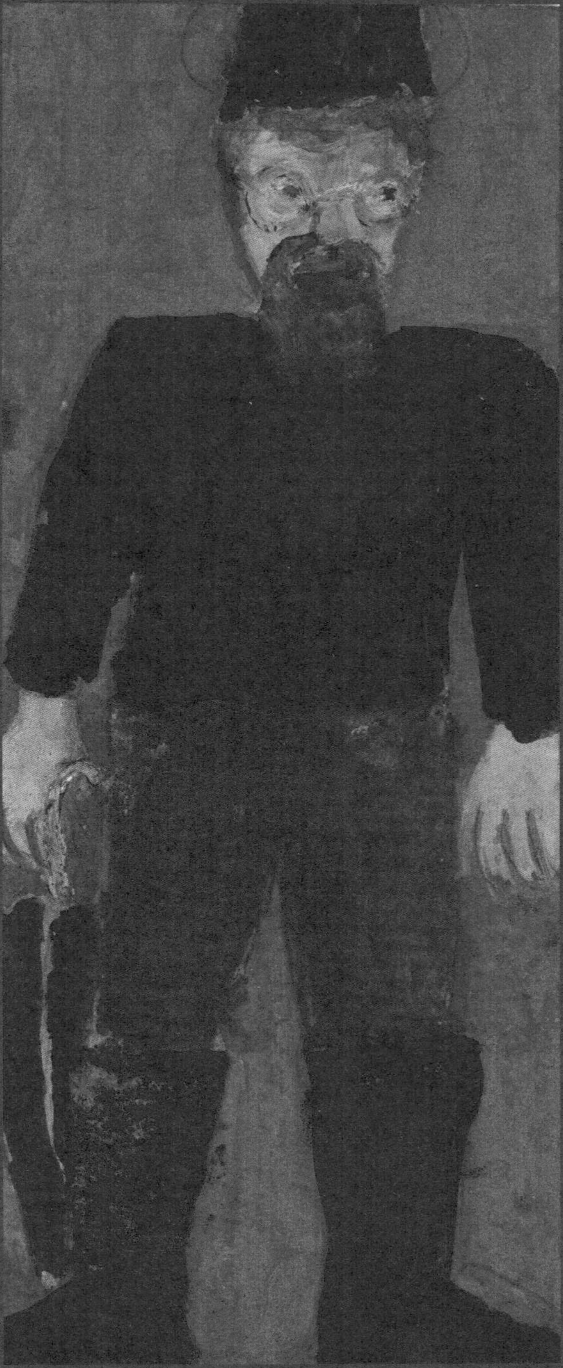

vont rendre plus solides nos os et renforcer nos muscles, ils vont fortifier notre cœur, interrompre la chute de nos cheveux et soigner nos rhumatismes. Des épinards, des épinards, et encore une fois des épinards. A partir de maintenant, au lieu de semer des céréales dans nos champs, nous allons cultiver des tonnes d'épinards, lesquels vont verdir nos tables, rendre à tous la santé et nous donner une longue vie. Vous voyez comme ma solution est simple, Messieurs! Nous allons nous nourrir avec des épinards et grâce à eux nous allons résoudre le plus vital de nos problèmes.

Une clameur enthousiaste se leva dans une partie de l'assemblée et les mots « épinards, épinards! » se firent entendre un peu partout. C'est alors que vint à la tribune le dernier orateur, l'étudiant en médecine Ramo. Au début de son discours, ses mains tremblaient d'indignation, mais Ramo se calma bientôt.

— Messieurs, déclara-t-il, je pense ne pas me tromper en supposant que vous traiterez avec un superbe mépris les insolentes inepties – comment en effet les appeler autrement ? – de mon prédécesseur. Vous est-il déjà arrivé, Messieurs, d'observer comment des enfants nourris aux épinards réagissent à cette triste mangeaille ? Ils s'en détournent avec horreur et il faut les forcer à manger, car la bienfaisante nature les prévient que cette dégoûtante verdure ne leur apporte rien de bon. Ha, ha, les épinards! Je pourrais discourir longtemps encore sur ce sujet, mais nous devons parler de la longévité! Ne perdons donc pas de temps, même si nous savons que bientôt nous allons avoir du temps en abondance. Je le répète, nous allons avoir du temps en abondance, pour autant que vous vous conformiez à un moyen radical qui vous assurera la longévité, moyen que j'ai découvert après de longues investigations et expériences. La simplicité de ce moyen dépasse tout ce que vous pouvez imaginer. Voilà, je vais vous confesser, Messieurs, le secret de la longévité. Si les hommes disparaissent trop vite, c'est parce qu'ils sont souvent enrhumés. Cette maladie est la principale raison de la brièveté de nos vies ! Le rhume, comme vous le savez, est une maladie du nez. La solution s'impose dès lors d'elle-même : là où il n'y a pas de nez, il n'y a pas non plus de rhume. Messieurs, comme tout est simple ! Coupons-nous tous le nez et ainsi nous nous débarrasserons une fois pour toute du rhume et par la même occasion nous nous assurerons une longue vie. Coupez-vous le nez, je vous en conjure, coupez-vous le nez !

En disant cela, l'étudiant en médecine Ramo sortit son rasoir et voulut montrer quel était le meilleur moyen de se couper le nez. Il n'y arriva pas, car un assourdissant vacarme se leva dans l'assemblée et le tumulte dégénéra en une bagarre collective. C'est seulement à ce moment-là qu'il fut évident que la salle était divisée en différents camps. Les uns criaient : « épinards ! épinards ! » ; d'autres : « des montres rapides ! » ; d'autres encore : « des montres lentes ! » ; certains hurlaient : « coupons-nous le nez ! ». Ainsi, chaque partisan d'une des conceptions de la longévité, se mit à crier et à se bagarrer avec les autres, et la voix même du roi Hanuk, qui tentait de raisonner ses ouailles, finit par se noyer dans le tumulte de l'assemblée déchaînée.

Comme les haut-parleurs avaient diffusé les discours à travers toute la ville, celle-ci fut en un instant divisée en autant de camps qu'il y avait eu d'orateurs et la bagarre devint générale.

La guerre civile se propagea dans tout le pays. Les sept camps se battirent sans aucune pitié. Curieusement, les défenseurs de l'ablation du nez couraient avec des rasoirs, en essayant de couper le nez des partisans adverses, alors qu'eux-mêmes n'avaient pas eu le temps de couper le leur, lequel trônait toujours à sa place naturelle.

La guerre devint totale. Partout dans le royaume de Gorgola, et même dans les modestes hameaux de sept habitants, les combats éclataient. L'affaire était en effet d'une grande importance, car tous les hommes veulent avoir une longue vie et il ne faut pas s'étonner s'ils défendent avec passion leurs causes respectives. A peine quelqu'un sortait dans la rue pour crier « épinards ! épinards ! », que se jetaient sur lui d'autres brailleurs hurlant « peindre le ciel ! », « coupez le nez ! », « tortues ! », « montres rapides ! », « soleil ! ». Mais, à peine le défenseur des épinards avait-il été assommé, que les autres partisans commençaient à se battre les uns contre les autres jusqu'au dernier.

La longévité n'est pas une affaire futile. La guerre fut si acharnée que les effectifs de chaque camp fondirent à grande vitesse. Les partisans durent conclure entre eux des alliances et la lutte se limitait désormais entre deux ou trois camps adverses, chacun criant des slogans à double leitmotiv : « montres et épinards ! », « peindre le ciel et couper le nez ! », « tortue et soleil ! ».

La lutte sanglante dura jusqu'aux deux derniers citoyens du royaume de Gorgola. C'étaient les étudiants en médecine Ramo et Najna, les meneurs des deux camps opposés. Ils se rencontrèrent sur les ruines de la capitale, épuisés par la guerre, chancelants sur leurs jambes. Ils se dévisagèrent avec haine. L'un souffla d'une voix rauque « épinards ! », l'autre gémit d'une voix grêle « coupez le nez ! ». Mais ils n'avaient plus assez de force pour se battre. Ils étaient d'ailleurs les deux seuls rescapés de tout le royaume. C'est pourquoi ils décidèrent en bonne intelligence de cesser la guerre et d'expérimenter en même temps leurs deux théories. Ils se coupèrent ainsi le nez et s'assirent à côté d'un grand plat d'épinards. Ils étaient épuisés et anéantis, mais la longévité, on le sait, est une affaire d'une extrême importance.

A vrai dire, nous ne savons pas ce qui s'est passé par la suite. Nous ne savons pas combien de temps les deux rescapés du royaume de Gorgola survécurent à côté de leur plat d'épinards et avec leur nez coupé. Il n'est pas impossible qu'ils s'y trouvent encore, d'autant plus si l'une des deux solutions s'est avérée efficace et qu'elle allongea effectivement leur vie. Mais le royaume de Gorgola, lui, cessa d'exister, car qu'est-ce qu'un royaume où ne vivent plus que deux sujets sans nez, et qui de plus ne mangent que des épinards ?

Ainsi, la frontière entre la Lailonie et le royaume de Gorgola disparut de manière définitive. A cause de l'anéantissement du royaume, la question de la longévité ne put être tranchée. Il n'est toutefois pas exclu qu'un jour nous ne réussissions enfin à résoudre ce problème sur lequel sept éminents savants s'étaient disputés.

Des bonbons révoltants

Gia appréciait, après le déjeuner, fumer un cigare, assis dans un fauteuil avec une coiffe d'indien sur la tête. Cela lui était devenu familier et, à vrai dire, il n'y avait là rien d'extraordinaire. Tous les hommes ont leurs habitudes et il ne faut pas s'en étonner outre mesure. Gia avait un frère nommé Pepi, lequel ne prenait jamais son petit-déjeuner avant d'avoir chassé au moins quatre cormorans ; et Kaku, son deuxième frère, aimait à avaler des cercles de tonneaux ; quant à sa sœur Heja, elle portait une vingtaine de médailles sur son dos, tandis que sa deuxième sœur, Hipa, attrapait des chimpanzés au lasso et jouait à la loterie. Ainsi, comme on peut le voir, chacun a ses petites bizarreries et il ne faut surtout pas vouloir y changer quoi que ce soit.

Mais voilà, Gia ne pouvait vivre en paix. A peine s'était-il assis dans son fauteuil, avec son cigare et sa coiffe en plumes, que toute la famille accourait aussitôt. L'un de ses frères, bien que suffoquant à cause des cercles en fer qu'il tentait d'avaler, s'emportait contre Gia ; le second frère gesticulait agressivement, tout en tenant dans ses bras les cormorans qu'il venait d'attraper ; sa sœur, dont les médailles résonnaient dans le dos, lui reprochait l'indignité de son comportement ; et sa deuxième sœur, tout en tenant un chimpanzé au bout d'un lasso et un tas de billets de loterie, criait qu'elle ne tolérerait jamais que son propre frère se livrât à de pareilles âneries.

— Mais que voulez-vous donc que je fasse ? se lamentait Gia. Vous préféreriez que je mette mon cigare sur la tête et que je fume ma coiffe en plumes ?

— Ce serait au moins plus honnête, jugea le frère aîné.

— Et bien moins compromettant, renchérit une des deux sœurs.

— Mais je n'en aurais aucun plaisir, se justifia Gia.

— Et alors ! crièrent-ils tous ensemble. L'homme ne vit pas que pour son plaisir ! Tu es un égoïste et tu ne penses qu'à toi !

Résigné, Gia ôta sa coiffe d'indien et jeta son cigare. Comme la même scène se répétait tous les jours, Gia n'avait plus un seul moment de paix qui lui permettait de s'adonner à son plaisir favori. Finalement, il en eut assez. Pour ne plus être exposé aux continuelles railleries, il commença après le dîner à fumer la pipe et, au lieu de la coiffe en plumes, il se coiffa d'un banal chapeau melon vert. Toute la famille le laissa enfin en paix.

A son tour, Gia remarqua que certaines habitudes de ses frères et sœurs l'agaçaient à l'extrême. Il était gêné de voir son frère aîné avaler des cercles de tonneau. Il se contint un certain temps, mais sa colère finit par exploser.

— Je ne tolérerai pas plus longtemps, cria-t-il, que tu avales sans cesse ces cercles. C'est abominable !

Les cris de Gia avaient aussitôt rameuté toute la famille. Celle-ci, qui s'était pourtant emportée contre les manies de Gia, le soutint cette fois-ci, et, aussi étonnant que cela puisse paraître, se joignit à lui pour blâmer les mauvaises habitudes de l'aîné. Kaku se défendit pendant quelque temps, mais il dut céder, intimidé par le tollé familial. Il abandonna les cercles et se mit à avaler des ressorts, arrachés au canapé. Les autres le laissèrent alors tranquille.

Vint ensuite le tour du frère cadet qui, chaque jour avant le petit-déjeuner, partait à la chasse au cormoran. Il s'avéra que les frères et sœurs ne pouvaient plus supporter cette bizarrerie, en particulier les deux frères aînés. Le cadet ne résista pas longtemps à la pression de leurs discours et, à regret, abandonna les cormorans pour la chasse des ibis. Chaque matin, il en rapportait quatre à la maison. Les frères et sœurs furent tout à fait satisfaits de ce changement.

L'affaire n'en resta pas là pour autant. La sœur aînée fut forcée à jeter les médailles qu'elle portait dans son dos, car le vacarme de cette ferraille avait irrité les frères et la sœur cadette, et ils avaient fini par manifester leur mécontentement. Les médailles furent donc laissées dans un coin, et Heja, pour se faire plaisir, se mit à prendre des bains de gelée de canneberge et à étudier des langues orientales qui n'avaient jamais existé et que personne ne connaissait.

Vint alors le tour de la seconde sœur. Ils lui firent prendre conscience qu'ils étaient la risée de tout le quartier avec sa manie d'attraper les chimpanzés et de jouer à la loterie. Ils en avaient assez de ces passe-temps. Ils crièrent si longtemps que Hipa, avec un soupir, renonça à ses occupations. Elle s'acheta alors un trombone qu'elle utilisa pour faire des bulles de savon, et au lieu de jouer à la loterie, elle se mit à jouer à la bourse. Comme ces changements satisfaisaient tout le monde, l'affaire fut close.

La paix régna pendant un certain temps et personne n'évoquait plus les mauvaises habitudes des uns et des autres. Il s'avéra toutefois que le problème n'avait pas été résolu en profondeur. Les nouvelles manies de chacun commençaient à énerver les autres, à tel point que l'ambiance devenait insoutenable. Ils se disputaient sans cesse et chacun exigeait de l'autre qu'il abandonnât ses insupportables habitudes.

La situation devint bientôt impossible. Si jusqu'à présent tous avaient été l'un après l'autre victimes de reproches, chacun désormais se révoltait en même temps contre tout le reste de la famille. Disputes et injures remplissaient chaque instant, et se manifestaient à chaque fois que les frères et sœurs se croisaient. Comme tous se sentaient offensés, ils tendaient à multiplier les occasions de se livrer à leurs occupations, et ils le faisaient de la manière la plus démonstrative qui soit, ceci dans l'unique but de pousser au paroxysme l'irritation des autres.

Le conflit menaçait de s'éterniser, mais un changement inattendu se produisit. En effet, la plus jeune des sœurs, Kiwi, revint à la maison pour habiter avec ses frères et sœurs. Kiwi était une jeune personne qui pour rien au monde n'aurait voulu contrarier quelqu'un d'autre. Sans jamais faire de remarques, elle laissa les siens chasser les ibis, faire des bulles avec le trombone, avaler des ressorts et prendre des bains de gelée de canneberge. Elle-même aimait sucer des bonbons. Elle s'achetait tout bonnement des bonbons au magasin et les suçait.

A cause de ces bonbons, la querelle familiale dépassa les bornes du supportable. Quand Kiwi revenait à la maison et sortait son paquet de friandises, son frère aîné Pepi surgissait et, avec un regard mauvais, criait :
— Oh! Oh! Des bonbons! Elle mange des bonbons!
Gia arrivait alors en courant de la chambre voisine et se mettait à taper des pieds avec colère.
— Qu'est-ce que je vois? Des bonbons, hurlait-il à pleine voix. Elle mange des bonbons!
Les deux sœurs, Heja et Hipa, se précipitaient aussitôt auprès de Kiwi, tandis que Kaku les rejoignait lui aussi. Ils accouraient tous, entouraient Kiwi, s'emportaient, rivalisaient de paroles blessantes et criaient l'un après l'autre :
— Kiwi! Reprends-toi! Des bonbons! Te rends-tu compte de ce que tu fais?
— Kiwi! Mais quelle écervelée! Des bonbons!
— Kiwi! Tu es devenue folle! Des bonbons!
— Kiwi! Tu veux nous perdre tous! Des bonbons!
— Kiwi! Où es ta morale?! Des bonbons!
— Des bonbons! Des bonbons! Des bonbons!

A force de crier, ils s'excitaient encore plus de leurs propres cris, ce qui augmentait encore leur indignation, et ils criaient à cause de cela encore plus fort ; et quand ils criaient plus fort, ils s'excitaient encore plus et leur colère ne cessait de s'amplifier, en conséquence de quoi leurs cris à nouveau redoublaient…

La pauvre Kiwi, terrorisée, suçait en pleurs ses bonbons et n'osait jamais rien dire, parce qu'elle craignait d'énerver encore plus ses frères et sœurs. Elle se tenait au milieu de la chambre, en larmes, montrée du doigt et invectivée, tout en suçant ses bonbons. Les cris duraient jusqu'à ce que Kiwi finisse son bonbon ; alors seulement ses frères et sœurs, fatigués de leurs cris, se retiraient dans leurs chambres, en grognant de colère.

Cette scène se répétait tous les jours, mais Kiwi se révéla incurable. Elle subissait les cris en pleurant, mais ne cessait pour autant d'apporter à la maison des bonbons et de les manger au milieu de la chambre.

La petite manie de Kiwi provoqua un changement existentiel dans la maison. La révolte contre les indignes habitudes de la cadette effaça toutes les autres querelles. Les frères et sœurs n'avaient plus ni la force ni l'envie de s'irriter les uns les autres, car tous avaient concentré leur agacement sur leur petite sœur. En colère contre Kiwi, ils s'étaient en quelque sorte réconciliés entre eux et ils avaient cessé de se disputer. Dès lors, une certaine atmosphère d'harmonie et de paix régnait dans la maison, et seule Kiwi et ses bonbons perturbaient cette quiétude.

Lorsque la famille se réunit, Pepi, après avoir avalé ses ressorts, inspira avec lourdeur et déclara :

— Ah, cette Kiwi ! Comme l'on serait heureux de vivre ensemble, s'il n'y avait pas ces horribles bonbons !

— Quelle horreur, se lamenta Heja depuis sa baignoire remplie de gelée de canneberge. Quelle horreur, vraiment ! Cette Kiwi nous fait honte !

— Quelle honte, quelle honte ! admit Gia, coiffé de son chapeau melon vert. Je ne comprends pas comment il est possible que dans notre famille où règne l'harmonie et l'amitié ait pu naître une pareille chipie, qui nous empoisonne la vie avec ses bonbons.

— Moi, mes chers, je ne comprends pas, se plaignit Hipa, en plongeant son trombone dans un seau d'eau savonneuse. Je ne comprends vraiment pas. Figurez-vous que Kiwi ne cesse de sucer ses bonbons. Nous étions si bien ensemble jusqu'à cette horrible histoire !

— Assez, il faut en finir, dit Kaku. Nous ne pouvons pas permettre à Kiwi de nous empoisonner la vie. Nous sommes frères et sœurs et nous devons nous aimer les uns les autres. Il ne peut y avoir à la maison une éternelle dispute à cause de ces horribles bonbons !

Les frères et sœurs se plaignaient, secouaient la tête, se lamentaient, faisaient des caprices et se désolaient sur leur sort avec une telle énergie qu'ils finirent par admettre que cette affaire exigeait une décision inflexible. Ils dirent donc à Kiwi : « Tant pis, tu dois quitter la maison. Nous ne pouvons te permettre de détruire notre vie avec tes bonbons. Tu dois partir ».

Kiwi ne répondit rien. D'ailleurs, qu'aurait-elle pu répondre ? Elle quitta la maison et se mit à chercher un autre endroit pour vivre. Et, effectivement, aussitôt après son départ, le silence et l'harmonie régnèrent dans la maison.

— Alors, ne l'avais-je pas dit ? s'exclama Pepi en s'asseyant avec plaisir dans le fauteuil. Maintenant, nous avons la paix et vivons en bonne intelligence.

— L'entente, l'amitié et l'harmonie, ajouta Kaku.

— Et il n'y a plus ces maudits bonbons, renchérit Heja.

— C'est dommage, dit Hipa, mais nous n'avions pas le choix. Nous ne pouvions vivre l'enfer dans notre propre maison juste à cause de Kiwi et de ses bonbons.

Gia opina lui aussi. Une chaleureuse atmosphère d'entente commune régna enfin dans la maison. Mais Gia se souvint tout à coup de quelque chose. Il alla en silence dans sa chambre où, dans un coin, reposait sous la poussière sa coiffe en plumes et un cigare non encore consommé. Il les prit, les dépoussiéra et, retournant dans la salle à manger, il se heurta à Pepi, qui revenait du grenier où il avait été récupérer ses vieux cercles. Puis arriva Heja avec son lasso à chimpanzés, tandis que dans le couloir, où venait de disparaître Hipa, les frères et sœurs entendirent le tintement des médailles.

La dispute

Eino, le frère aîné, était un garçon sérieux et raisonnable. Aho, le second, se distinguait par un mécontentement continuel – il y avait en effet toujours quelque chose qui ne lui plaisait pas ; et puis, depuis l'enfance, il refusait d'écouter les gens plus âgés que lui. Le cadet, Lajo, ne savait jamais ce qu'il voulait et il se laissait facilement persuader par celui qui avait parlé en dernier.

Quand leur méchant et puissant voisin leur confisqua leurs terres, les privant ainsi de toutes ressources, les trois frères se résignèrent à prendre la route. Ils avaient entendu qu'il était possible de trouver du travail en ville, mais ils ne savaient pas où celle-ci se trouvait. A l'époque, il n'y avait ni carte ni chemin de fer. Ils se mirent en marche avec l'espoir qu'ils finiraient bien par arriver à quelque part.

Après deux jours de voyage, ils arrivèrent à un carrefour, qui ressemblait à un T majuscule. Il n'y avait aucune indication et aucun des frères ne savait quelle direction il fallait prendre. Le frère aîné dit : « Allons tout droit ».

– Et moi je pense, répondit Aho avec fermeté, que nous devrions prendre à droite. J'ai le pressentiment que notre chance nous attend de ce côté-ci.

— Je pense, dit le timide Lajo, que le mieux serait de prendre à gauche.

— Tout droit, insista Eino.

— A droite, cria Aho.

— A gauche, murmura Lajo.

— Eh bien, répondit Aho, comme chacun de nous veut aller dans une direction différente, c'est très simple. Que chacun aille de son côté, et on verra bien qui réussira le mieux.

— Oui, oui, approuva Lajo. Que chacun prenne une direction différente.

— Vous n'êtes que des imbéciles, répondit le grand frère. Les trois routes traversent toutes une forêt, où vivent des ours, des serpents et des tigres. Si chacun va de son côté, il sera à coup sûr victime d'une bête sauvage. Quoiqu'il en soit, nous devons rester ensemble, sinon aucun de nous n'arrivera nulle part.

Les deux frères réfléchirent. Soit, dit Aho, allons ensemble, mais dans quelle direction ?

— Comment cela ? Il faut aller tout droit, répondit Eino.

— Allons tout droit, approuva Lajo.

— Mais pourquoi tout droit ? insista Aho. Je suis d'accord qu'il est plus prudent de rester ensemble que d'aller chacun de son côté. Mais il faut encore se mettre d'accord sur la direction. Du fait que nous devons aller ensemble ne résulte pas que nous devons aller tout droit. Moi je pense que nous devrions tourner à droite.

— Alors allons à droite, dit Lajo.

Le frère aîné commençait à s'impatienter.

– Nous avons décidé que nous irions ensemble, n'est-ce pas ? Vous ne pouvez donc pas aller à droite, puisque j'ai dit que nous irions tout droit.

– Mais pourquoi devons-nous aller tout droit, et pas à droite ? demanda Aho.

– Parce que nous devons aller ensemble, comme je l'ai dit !

– Alors, allons ensemble à droite.

– Mais nous ne pouvons aller ensemble à droite.

– Et pourquoi pas ?

– Parce qu'ensemble il faut aller tout droit.

La dispute s'éternisait, jusqu'à ce qu'Eino trouva enfin une idée déterminante : « Nous devons aller tout droit, car c'est moi l'aîné ».

– Allons donc tout droit, acquiesça Lajo.

– Bien, accepta finalement Aho, allons tout droit. Mais souvenez-vous que je vous avais prévenus : si nous étions allés à droite, nous aurions pris la direction de la fortune et du bonheur. Je suis persuadé que là-bas se trouve une grande et belle ville, où tous vivent heureux et où personne ne manque de rien. Si nous ne parvenons nulle part, ce sera de ta faute, Eino.

Ainsi, ils allèrent ensemble tout droit. Et ce fut comme Eino l'avait prédit. Ils marchèrent en lisière de forêt et ils furent harcelés par de nombreuses bêtes sauvages : des tigres et des ours, des loups et des serpents. Les frères apprirent à lutter et ils dépensèrent beaucoup de force pour vaincre les prédateurs. Il ne faisait aucun doute qu'ils n'auraient pu les vaincre si chacun était parti de son côté. Seul le fait d'être resté ensemble les sauva. Eino triomphait et à chaque occasion il leur rappelait leur folie : « Vous voyez, je vous l'avais dit, répétait-il sans cesse. Si nous nous étions séparés, il y a longtemps que ces bêtes nous auraient dévorés. Nous avons donc bien fait en partant tout droit. »

— En restant ensemble, rectifiait alors Aho. Mais nous ne savons pas si nous avons eu raison d'aller tout droit.

Ils marchaient depuis très longtemps. Les semaines passaient. La lassitude et la faim épuisaient les trois frères. Parfois, ils se nourrissaient d'un poisson, qu'ils avaient réussi à pêcher dans un ruisseau, parfois de fruits cueillis sur un arbre, parfois ils ne mangeaient que de simples racines. Cette nourriture ne leur apportait pas une alimentation suffisante pour régénérer leurs forces, alors même que leur voyage, périlleux et éprouvant, semblaient ne jamais devoir s'achever. Et puis, tout à coup, alors qu'ils n'avaient quasiment plus d'espoir d'arriver quelque part, une ville surgit à l'horizon, la ville tant désirée, où ils pourraient gagner leur pain. L'espoir leur rendit des forces et c'est avec la rapidité des écureuils qu'ils franchirent les dernières lieues. Ils entrèrent dans la ville.

La ville resplendissait de richesses, quoique la plupart de ses habitants étaient pauvres. Comme dans de nombreuses villes de par le monde, il y avait beaucoup de palais, mais encore plus de miséreux, qui survivaient à grande peine. Les trois jeunes frères cherchèrent du travail afin de pouvoir gagner leur pain. Au début, leurs efforts furent vains, mais au bout d'un certain temps ils réussirent à trouver un emploi sur le chantier du nouveau palais royal. Ils creusaient, portaient des pierres et du gravier. C'était là une tâche éprouvante. Mais ils gagnaient assez pour s'acheter leur pain quotidien et ne mouraient pas de famine.

— Vous voyez, vous voyez, triomphait Eino, je vous avais dit qu'il fallait aller tout droit. Certes nous travaillons dur, mais au moins nous ne souffrons plus de la faim.

— C'est vrai, c'est vrai, admettait Lajo. Nous avons choisi la bonne route.

Mais Aho ne disait rien. Ou plutôt, il ne dit rien pendant un certain temps, jusqu'à ce que sa colère explosa. Il accusa alors son frère :

— Oui, c'est vrai, en échange de notre labeur, nous recevons tous les jours du pain. Mais si nous avions tourné à droite, notre situation aurait été préférable et nous ne devrions pas travailler autant. Nous aurions eu une meilleure nourriture, un meilleur appartement, de meilleurs vêtements et ceci sans mourir d'épuisement.

— En effet, nous ne nous fatiguerions pas autant, approuva son jeune frère Lajo.

— Tu n'es qu'un âne, cria Eino, et incorrigible avec cela. Tu répètes sans arrêt « J'ai dit, j'ai dit », mais qu'est-ce que cela veut dire ? Personne ne sait ce qu'il y avait à droite, mais nous savons tous où nous sommes : dans une ville qui nous donne de la soupe et du pain. Et là-bas ? Sur quoi te fondes-tu pour prétendre qu'un meilleur destin nous y attendait. En réalité, tu ne fais que fabuler et proférer des paroles insensées !

— Tu répètes des paroles insensées s'indigna Lajo, vraiment insensées !

Aho s'assit, résigné, car il ne savait que répliquer à son grand frère. Mais après un moment, il déclara : « Eh bien, moi, je vais vous prouver que j'avais raison ! Je vais revenir à ce carrefour, je vais prendre la direction que j'avais indiquée et je parviendrai dans une ville meilleure que celle-ci ».

— Dans une ville meilleure, oui, dans une ville meilleure, cria Lajo.

Eino rit avec cynisme.

— Essaie, mais essaie donc, répondit-il. Tu sais pourtant qu'en route les bêtes sauvages te dévoreront et que tu n'arriveras nulle part. Il est trop tard pour que tu puisses revenir en arrière, comprends-tu ? Il est trop tard pour revenir en arrière.

— Trop tard, approuva Lajo.

— Je m'en vais, insista Aho.

Et il s'en alla. Au début, il lutta avec témérité contre les bêtes, mais elles furent les plus fortes. Un ours sauvage égorgea Aho et le dévora en un clin d'œil. Aho ne parvint donc jamais dans la ville de ses rêves. Les deux frères apprirent la nouvelle du triste destin d'Aho par leurs amis les oiseaux. Ils en furent peinés, mais ils ne purent rien faire. Eino répondit : « Je l'avais pourtant prévenu ». Le chagrin de Lajo fut incommensurable, car il aimait beaucoup son frère Aho et sa disparition l'avait profondément atteint. Les deux frères travaillèrent ensemble, dans la peine et la misère, jusqu'à ce qu'un jour Lajo déclara : « Je pars ».

— Où ça ?! cria Eino.

— Là-bas, là où voulait aller Aho, répondit Lajo. Je veux chercher une ville meilleure.

— Tu es devenu fou ! rugit Eino. Tu veux toi aussi être égorgé par un ours ?!

— Je ne veux pas qu'un ours m'égorge, répondit Lajo. Je veux trouver une ville meilleure.

— Mais tu sais ce qui est arrivé à Aho !

— Je sais. Mais peut-être que moi j'y arriverai.

— Tu n'y arriveras pas ! Qu'est-ce qui t'est passé par la tête ?! Tu m'as pourtant toujours donné raison !

— Mais maintenant je veux partir et trouver une ville meilleure.

— L'ours va te dévorer !

— Mais peut-être qu'il ne me dévorera pas. Il doit pourtant exister une ville meilleure dans le monde.

— Tu es devenu fou ! cria Eino. Et puis, à vrai dire, je m'en moque complètement !

Et Lajo prit la route.

Malheureusement, nous n'avons plus de nouvelles. Nous ne savons pas si Lajo a atteint une ville meilleure, ou s'il a été la victime d'une bête sauvage, comme son frère Aho. Nous ne savons rien de plus et, si quelqu'un apprend quelque chose, qu'il vienne nous rapporter la fin de l'histoire.

Un petit conte sur une grande honte

Muria habitait un village qui s'appelait Kleo et elle était la fille d'un pêcheur. Elle était très belle et beaucoup de garçons tournaient autour d'elle. Les vieillards eux-mêmes n'étaient pas insensibles à la beauté de la jeune fille. Muria avait les yeux légèrement bridés, les cheveux châtains avec des mèches cuivrées, les cils longs et noirs. Rio, un garçon du village, aimait Muria, et il était persuadé qu'elle était la plus belle femme du monde.

Muria appréciait quant à elle Rio, mais elle ne l'aimait pas. D'ailleurs, elle ne s'émut guère du départ du jeune garçon, alors que Rio, lui, était désespéré. Il avait dû quitter le village, car il avait été appelé sous les drapeaux.

La vie militaire était dure et épuisante. Les officiers n'étaient certes pas cruels mais ils étaient sévères, comme ils se doivent de l'être à l'armée. Dès l'aube, Rio était occupé par son dur service, qui ne s'achevait qu'au crépuscule. Mais il pensait sans arrêt à la belle Muria et ainsi il négligeait trop souvent ses obligations, s'attirant la colère de ses supérieurs et de lourdes punitions. La nuit était le meilleur moment, car Muria apparaissait parfois dans ses rêves, et dans les rêves elle l'aimait et était plus attentionnée qu'elle ne l'était en réalité. C'est pourquoi Rio préférait sa vie rêvée à sa vie réelle.

Au service militaire, les soldats aiment parler de leurs petites copines. L'un de ses camarades, le soldat Pau, demanda un jour à Rio : « Dis voir, comment elle est, ta copine ? »

Rio hésita. Il savait bien que Muria n'était pas vraiment sa petite amie, mais la question de Pau ne précisait pas non plus s'il pensait à la fille de ses rêves ou à une fille réelle. Eh bien, la Muria de ses rêves était son amie, et c'est pourquoi Rio répondit : « Elle est très belle ».

— Et ses yeux, de quelle couleur sont-ils ? demanda encore Pau.

Pour formuler sa réponse, Rio s'efforça d'imaginer le visage de Muria, afin de se rappeler la couleur de ses yeux. Et tout à coup, la stupeur le saisit. Il prit conscience qu'il ignorait la couleur des yeux de Muria. En vain il se creusa la cervelle et tenta de se concentrer, mais il ne se souvenait tout simplement pas. Il aurait pu répondre n'importe quoi, mais il pensa que ce serait irrespectueux à l'égard de Muria de raconter à son sujet des propos mensongers. Il réfléchit ainsi longtemps, alors que Pau attendait la réponse. Enfin, rouge de honte, Rio chuchota : « J'ai oublié ».

Pau éclata de rire. Il n'était pas un mauvais gars, mais il n'était pas particulièrement futé non plus, ce qui d'ailleurs revient un peu au même. C'est pourquoi, Pau se mit aussitôt à raconter à tous ses camarades que Rio avait oublié la couleur des yeux de son amie. Tous se moquèrent de Rio et ne cessèrent de lui rebattre les oreilles avec cette histoire. Pour s'amuser, ils firent même des vers sur Rio et Muria. Rio, de son côté, accablé et timide, ne savait que répondre à ces moqueries et se refermait de plus en plus en lui-même. Il pensait sans arrêt à la couleur des yeux de Muria, mais il ne pouvait en aucune manière s'en souvenir. Il se tracassait énormément, se sentait honteux et pleurait. Puisqu'il aimait Muria, il lui semblait qu'il aurait dû savoir de telles choses. Après un certain temps, il s'assit et écrivit la lettre suivante :

Ma chère Muria. Je t'aime comme je t'ai toujours aimée. Mais j'ai honte, j'ai terriblement honte, car j'ai oublié de quelle couleur sont tes yeux. Je suis désespéré, car tu pourrais penser que je t'ai oublié ou que je ne t'aime pas vraiment. Sache que je t'aime et que je me souviens très bien de ton visage, mais je ne me souviens plus de la couleur de tes yeux. Muria, je t'en prie, Muria, écris-moi pour me dire de quelle couleur ils sont, car ma peine devient insupportable.

Il écrivit cette lettre et voulut l'envoyer à Muria, mais il se ravisa au dernier moment ; il pensait que son aveu d'avoir oublié la couleur des yeux de Muria serait une trop grande honte. Il déchira donc la lettre et la jeta. Son tourment revint aussitôt. Chaque fois que Muria apparaissait dans ses rêves, il oubliait de se concentrer sur ses yeux, si bien qu'au réveil il ne se souvenait jamais de leur couleur. Il s'acheta une boîte de peinture et s'efforça de peindre de mémoire le portrait de Muria, en espérant que la couleur de ses yeux jaillirait de sa peinture. Il y avait trois cents couleurs différentes dans sa boîte, et il les observa toutes avec minutie, mais il était persuadé qu'aucune d'elles ne correspondait à la couleur des yeux de Muria. Malgré de nombreux essais, il ne réussit à peindre aucun portrait, car il n'était pas très fort en peinture. La peine de Rio s'accroissait et son service en pâtit. Il était puni par ses supérieurs de plus en plus sévèrement, mais Rio, au demeurant, n'y prêtait guère attention, car tout ce qui ne concernait pas les yeux de Muria avait cessé de l'intéresser.

Il apprit que dans la ville où stationnait sa garnison, habitait une voyante qui, contre rémunération, était capable de dévoiler le visage de l'être aimé. Rio se rendit chez la voyante et lui dit qu'il n'avait pas d'argent, mais qu'il voulait qu'elle lui fasse apparaître le visage de sa bien-aimée. Il ajouta qu'il ferait tout son possible pour la dédommager de sa peine.

La voyante demanda à contrecœur : « Et depuis quand ta copine est-elle morte ? »

— Morte ? cria Rio, mais elle n'est pas morte ! Elle vit dans notre village.

— Espèce d'idiot, répondit la voyante avec impatience. On ne t'a pas dit que je ne peux faire apparaître que l'image de ceux qui sont morts ?

— Non, murmura Rio, effrayé. Personne ne me l'a dit. Mais pourquoi au fait ? Ne serait-il pas plus facile de montrer un vivant qu'un mort !

— Tu es aussi bête qu'un caillou. Les voyantes exercent un pouvoir sur les morts et non sur les vivants. Les vivants se montrent librement, quand ils le veulent, et quand ils ne veulent pas, ils ne se montrent pas. Les morts, eux, ne veulent ni ne veulent pas, c'est pourquoi nous ne pouvons les contrôler.

— Et il n'y pas moyen de commander aux vivants ?

— Non, il n'y a aucun moyen.

— Que dois-je donc faire pour me rappeler la couleur des yeux de Muria ?

— Comment ça, espèce de crétin, tu ne te souviens même pas du visage de ta bien-aimée ?

— Mais je m'en rappelle très bien, cria Rio, c'est seulement la couleur de ses yeux que j'ai oubliée.

— Et quelle est la couleur de ses cheveux ?

La question de la voyante ébranla Rio. Il s'efforça de se souvenir de la couleur des cheveux de Muria, mais il en fut incapable. Rien ne voulut sortir de sa mémoire.

La voyante se moqua et déclara avec mépris : « T'es un drôle d'amant, toi, si tu ne sais même pas quelle est la couleur des cheveux de ta petite copine. Alors, dis-moi au moins quelle est la forme de son nez ? »

Cela non plus, Rio ne le savait pas. Il ne savait pas non plus comment Muria s'habillait quand elle sortait, ni si elle portait des boucles d'oreille, ni quelle était la forme de ses mains... Il ne savait rien. La voyante riait de plus en plus fort, alors que Rio, lui, se rapetissait, s'amoindrissait sous le poids de la honte. Il affirmait qu'il se souvenait très bien de l'apparence de Muria, et en effet il parvenait à se représenter la silhouette de son amie ; malgré cela, il était incapable de se rappeler un quelconque détail. Il finit par crier de dépit : « J'aime Muria, j'aime Muria ! », et il s'enfuit. Il s'avéra toutefois que la honte l'avait tant rapetissé qu'il mesurait maintenant à peine plus que le doigt d'un homme. D'abord, il courut dans les rues sans être aperçu de personne, mais au bout d'un moment quelqu'un aperçut ce petit bonhomme et toute une foule se rassembla pour le voir et s'étonner de sa taille minuscule.

Personne n'avait subi une telle honte – et c'est à cause de cette honte que Rio était devenu si petit. Il parvint toutefois à s'extraire de la foule des voyeurs et à rejoindre la caserne, où toute la compagnie se tordit de rire à la vue d'une telle métamorphose. La scène ne plut guère à un officier, et Rio fut aussitôt mis aux arrêts. De peur que le prisonnier ne s'échappe en se faufilant à travers les barreaux de sa cellule, il fut emprisonné dans une boîte de conserve vide. C'était sale et gluant à l'intérieur, mais Rio était si malheureux qu'il n'y fit même pas attention. Le jour suivant, les gardes le sortirent et le mirent devant un tribunal composé de deux cents officiers. Rio se tenait seul, petit comme un doigt, devant d'immenses officiers, dont la grandeur correspondait à l'élévation de leur rang. Ils montrèrent du doigt le petit prisonnier, se moquèrent de lui et le mesurèrent avec une règle. Ensuite, ils se mirent à le juger.

– Pourquoi es-tu si petit ? lui demanda avec sévérité le juge.

– Je suis petit, parce que j'ai rétréci, répondit Rio. Avant, j'étais beaucoup plus grand.

– Et pourquoi es-tu devenu si petit ?

— La honte m'a raccourci, dit Rio.
— Et pourquoi étais-tu honteux ?
— J'étais honteux, parce que j'avais oublié la couleur des yeux de Muria.
— Et alors ? dit le juge, moi non plus je ne connais pas la couleur des yeux de Muria, et je n'en ressens aucune honte.
— Mais vous, monsieur le juge, vous n'êtes pas amoureux de Muria, alors que moi je l'aime, répondit Rio.
— Et connais-tu le règlement de l'armée ? Est-ce que tu sais que le paragraphe douze du règlement stipule qu'un soldat n'a pas le droit de se sentir honteux, car il risque de se rapetisser et d'affaiblir ainsi son habileté au combat ?
— Oui, confessa Rio, je le sais. Rio en effet le savait, car le règlement contenait un tel paragraphe et on le lui avait appris pendant l'instruction.
— Cesse donc de te sentir honteux !
— Je ne peux pas, répondit Rio, parce que maintenant je me sens de plus en plus honteux.
— Et de quoi as-tu honte en ce moment ?
— Maintenant, j'ai honte d'être si petit et à cause de cette honte je ne cesse de devenir de plus en plus petit. Et ainsi sans fin !

Les juges l'observaient. Pendant l'interrogatoire, Rio s'était en effet rétréci et il n'était presque plus visible. Les juges se consultèrent et émirent avec solennité leur jugement :

— Le soldat Rio est condamné à la disparition par la honte ! La condamnation est sans appel.

Quand il entendit ce jugement, Rio ressentit une telle honte qu'il rapetissa à un rythme accéléré et, après quelques minutes, il disparut de la vue du juge. Un officier sortit une loupe et ils se mirent à le chercher sur la table, sans pouvoir toutefois le trouver. Ils apportèrent un microscope et continuèrent à le chercher. En vain. Pour finir, ils le laissèrent en paix. Rio avait rapetissé jusqu'au bout.

Cette étonnante histoire se répandit à travers le pays et arriva jusqu'au village natal de Rio. Amis et connaissances se répétaient la nouvelle. Bientôt, Muria elle-même l'apprit. Une amie lui raconta que Rio, sous l'effet d'une grande honte, avait disparu et était devenu invisible. Muria en fut très étonnée et leva ses yeux vers son amie. Elle avait de grands yeux bleus.

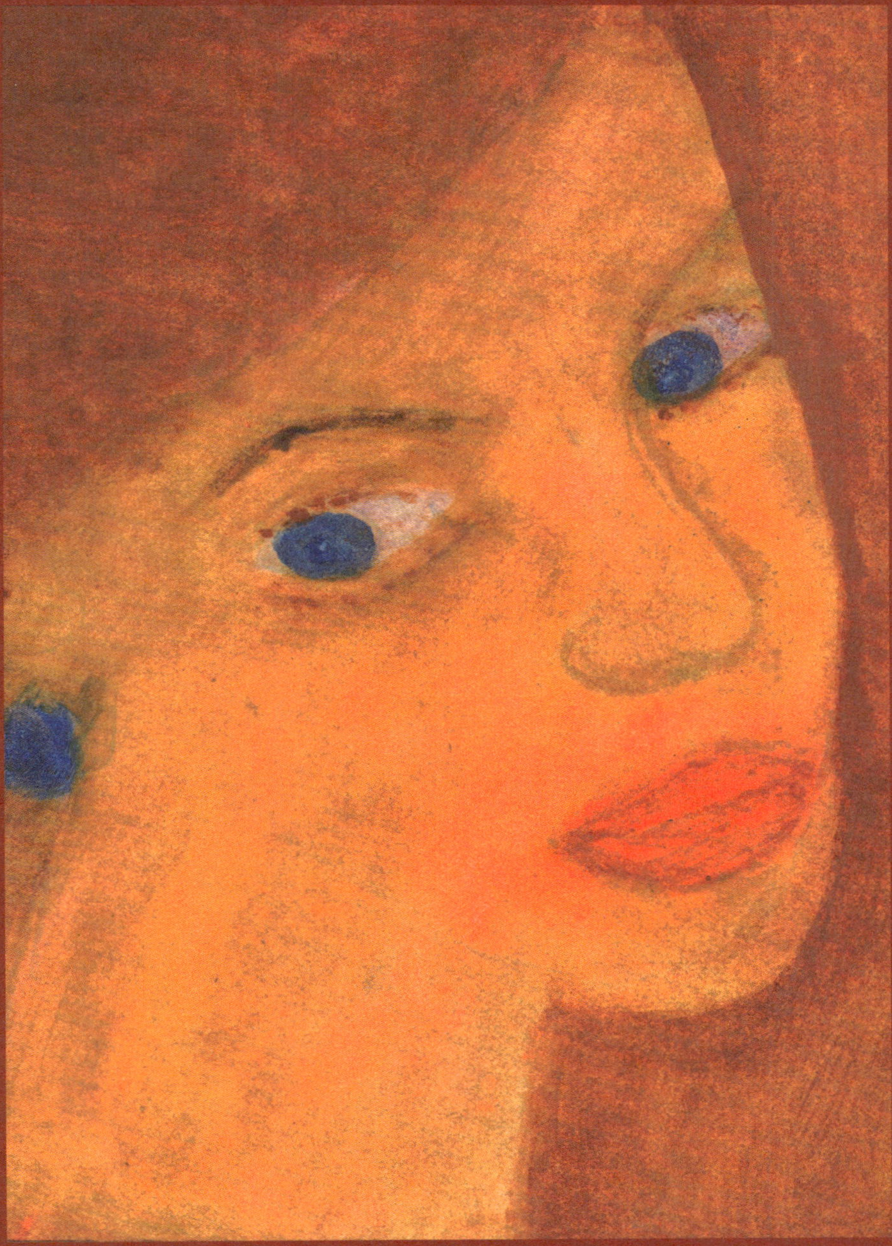

La grande famine

Quand la grande famine éclata en Lailonie, l'archiprêtre de ce pays finissait son petit-déjeuner. L'annonce de cette nouvelle l'irrita à tel point qu'il avala un œuf à la coque avec sa coquille, en conséquence de quoi il fut plus tard persuadé qu'on lui avait donné un œuf dur. Ainsi, il commença par gronder le cuisinier, qui se défendit comme il pouvait. Mais, en Lailonie, les discussions entre cuisinier et archiprêtre finissaient en général en queue de poisson.

Après s'être expliqué avec lui, l'archiprêtre commanda qu'on lui amenât quatre pompiers. Il leur demanda :

– Êtes-vous capable d'éteindre la faim ?

A vrai dire, les pompiers n'en étaient guère capables, mais ils ne voulaient pas non plus le reconnaître, car ils craignaient la réaction de l'archiprêtre. Ils répondirent donc en chœur :

– Oui, nous en sommes capables. A l'école des pompiers, on nous l'a scrupuleusement enseigné.

– Eh bien, éteignez-la, exigea l'archiprêtre. Il y a une heure à peine, une grande famine a éclaté en Lailonie.

– Mais où donc ? demandèrent les pompiers.

– Dans tout le pays. Eteignez-la et rapportez-moi vos progrès.

Les pompiers sortirent, embarrassés. Ils savaient certes utiliser à merveille les pompes à incendie, mais ils ne s'en étaient jamais servis pour éteindre une famine. Ils firent donc ce qu'ils savaient faire. Ils s'installèrent dans leurs camions et commencèrent à arroser ; comme l'archiprêtre leur avait dit que tout le pays était dévoré par la faim, ils allèrent partout et déversèrent des trombes d'eau. Un véritable déluge s'abattit alors sur la Lailonie. Dans les rues, les gens interpellaient les pompiers pour qu'ils cessassent leur action, mais les cris ne les effrayèrent pas. Au contraire, ils remirent à l'ordre les manifestants, car ils avaient reçu l'ordre d'éteindre la famine et rien ne devait les retarder.

L'archiprêtre recevait de la part des pompiers des dépêches dont la teneur était toujours la même : « Nous éteignons la famine. Faut-il poursuivre ? » Mais l'archiprêtre puisait encore à d'autres sources qui affirmaient que la famine continuait à sévir en Lailonie, si bien qu'à chaque fois il leur répondait par ce message : « Ne suspendez pas votre intervention. La famine continue de dévaster le pays ». Il s'énervait beaucoup et décida même de renvoyer son cuisinier, car les choux-fleurs que celui-ci cuisinait regorgeaient d'humidité. Toutefois, ceux du nouveau cuisinier étaient eux aussi imbibés d'eau, et bientôt non seulement les légumes mais aussi le pain, la crème et les côtelettes devinrent trop humides, comme tous les autres aliments d'ailleurs. Furieux, l'archiprêtre ne tarda pas à renvoyer le nouveau cuisinier, ce qui n'améliora pas la situation. De plus, les meubles de l'archiprêtre commençaient à s'imbiber d'eau, l'eau suintait des murs et même l'encre qu'il utilisait pour écrire était pleine d'eau. La faute revenait aux pompiers qui ne cessaient d'inonder la Lailonie. Ainsi, le pays entier fut sous l'eau et l'eau pénétrait partout, elle montait toujours plus haut, inondait les rues, les champs, les maisons. Un véritable cataclysme !

L'archiprêtre s'en alarma. Etant habitué à appeler des serruriers quand il y avait des fuites dans son palais, il fit requérir les quatre meilleurs du pays. Il leur demanda sur un ton autoritaire :

– Êtes-vous capables de réparer les fuites d'eau ?

– Oui, répondirent les serruriers. A vrai dire, nous ne savons rien faire d'autre, et cela nous savons le faire à la perfection.

– Alors, faites qu'en Lailonie l'eau cesse aussitôt de s'écouler, car une inondation menace le pays entier.

Les serruriers furent fort affligés par cet ordre. Ils savaient réparer les robinets et les tuyaux quand l'eau en fuyait, mais ils ne s'étaient jamais attaqués à une inondation. Ils sortirent dans la rue, où il fallait se déplacer en barque, et ils réfléchirent à ce qu'ils pourraient faire. Il fallait réparer le robinet par où s'échappait l'eau ; le problème, c'est que personne ne savait où se trouvait ce robinet. Quand ils s'aperçurent que l'eau tombait du ciel (les pompiers, eux, étaient ailleurs), ils louèrent à prix réduit un ballon et s'élevèrent dans les airs, à la recherche du robinet qui inondait la Lailonie. Mais le ballon disparut dans le ciel et les serruriers tombèrent dans l'oubli. Ainsi, l'eau ne cessa de se déverser et la famine continua à sévir en Lailonie.

Le jour suivant, alors qu'il finissait son goûter et qu'il se préparait à prendre un repos réparateur, l'archiprêtre reçut la nouvelle de la disparition des serruriers. Il enragea. Il devait trouver une solution et il n'était plus question de faire une sieste. Mais comme l'archiprêtre ne savait comment s'y prendre, il donna l'ordre de faire venir les huit plus grands mages de Lailonie. Il les rassembla chez lui et, tout en se tordant de douleur (car la terrible humidité de l'air avait exacerbé ses rhumatismes), il exigea des mages qu'ils découvrent, grâce à leurs dons secrets, le moyen de remédier à la famine et aux inondations.

Les mages devaient se mettre aussitôt au travail mais, étant de subtils savants, certaines conditions étaient indispensables à l'exercice de leur art. Or l'un d'eux prédisait en versant de la cire fondante dans l'eau. Il déclara que dans une situation aussi sérieuse, il avait besoin d'une énorme quantité de cire et il donna l'ordre de commander toute la cire qu'il y avait dans le pays. En conséquence de quoi l'on cessa de faire des bougies en Lailonie.

Le second mage prédisait à l'aide de plomb liquide, mais il affirma qu'il avait besoin de beaucoup de plomb pour ses expériences ; ainsi, tous les mineurs furent mobilisés afin de donner au mage la matière nécessaire.

Le troisième prédisait avec du marc de café. Ce mage donna l'ordre qu'on lui envoie toutes les réserves de café existantes en Lailonie. Le mage but le café et fit ses prédictions.

Le quatrième prédisait à l'aide des cartes et exigea qu'on lui envoyât tous les trèfles, les piques et les carreaux qu'il était possible de trouver en Lailonie. Les cœurs, comme il disait, ne lui étaient d'aucune nécessité, car il en avait plus qu'assez. Ainsi, après quelques jours, seuls les cœurs étaient encore en vente, par contre les trèfles, les piques et les carreaux disparurent du commerce, le mage ayant épuisé tous les stocks.

Le cinquième prédisait en interprétant les rêves. Pour qu'il ait des rêves en quantité suffisante, l'archiprêtre émit l'ordre que dorénavant et pendant un certain temps (il fit remarquer le caractère provisoire de cette demande) il était interdit aux citoyens de Lailonie de rêver. Les rêves de tout le pays seraient recueillis et mis au service du mage, qui avait besoin de ce matériel pour ses prédictions.

Le sixième mage prédisait en observant le vol des oiseaux, si bien que tous les oiseaux volants lui furent apportés pour ses expériences.

Le septième mage prophétisait avec des grains de blé, par conséquent il reçut toutes les provisions de blé du pays.

Le huitième prédisait avec de l'eau. Il exigea donc qu'on lui apporta toute l'eau de la Lailonie afin qu'il puisse faire ses études. L'archiprêtre émit donc les ordres nécessaires et, dès ce moment-là, on put remarquer un premier succès. En effet, l'inondation cessa, puisque toute l'eau avait été apportée au mage pour qu'il puisse faire ses expériences. Les pompiers circulaient avec des tonneaux vides et ils durent suspendre leur action. Il n'y avait plus aucune réserve d'eau dans toute la Lailonie, et ainsi le problème de l'inondation fut résolu.

L'archiprêtre exigea alors des mages de ne plus s'occuper de l'inondation, qui avait été conjurée, mais de se concentrer exclusivement sur le problème de la famine. Il surveilla lui-même les expériences et observa le progrès des travaux.

Beaucoup de temps s'écoula, avant que les mages ne puissent mener à terme leurs expériences et que l'archiprêtre puisse les convoquer afin de connaître leurs résultats et leurs conseils.

Le plus ancien des mages, celui qui prédisait avec la cire, déclara tout en lissant sa barbe blanche :

— Grâce à mes études secrètes, et après maintes expériences et essais, j'ai pu pénétrer l'énigme de la faim en Lailonie et je sais, de manière irréfutable, comment y remédier.

— Parle, parle, s'échauffa l'archiprêtre.

— La faim, dit le mage, est un manque de nourriture. La famine peut être éradiquée à l'aide d'une quantité suffisante de nourriture. Il faut, archiprêtre, que tu donnes l'ordre à tous les habitants de manger à leur faim, et la famine disparaîtra d'elle-même.

— C'est là ton conseil ? demanda l'archiprêtre.

— Mon conseil est certes concis, mais il est infaillible, répliqua le mage. Tu dois toi-même reconnaître, que si l'on s'y conforme, l'affaire sera réglée.

L'archiprêtre se renfrogna et fit mauvaise mine au conseil du sage. Sans vraiment savoir pourquoi, il lui semblait que cela ne résoudrait pas toutes les difficultés. Le mage suivant, celui qui prédisait avec du plomb, avait lui un tout autre avis :

— La famine en Lailonie, dit-il, vient du fait, et cela a été prouvé par mes expériences, que les Lailoniens ont de trop grands estomacs. Tu dois donner l'ordre à tous les habitants de réduire la taille de leurs estomacs ; ainsi, ils auront besoin de moins de nourriture pour le remplir, et la famine disparaîtra. C'est inéluctable.

Mais ce conseil ne satisfaisait pas encore l'exigeant archiprêtre. Le troisième mage déclara que si la famine sévissait en Lailonie, c'était parce qu'il y avait trop d'habitants. Il fallait expulser la moitié des citoyens, et alors seulement la famine cesserait.

Là non plus la proposition ne fut pas reçue avec tout le respect que l'on devait à un bon conseil. Le quatrième mage expliqua que l'archiprêtre mangeait trop et qu'il était trop gros : mais s'il réduisait ses repas, il y aurait pour le reste des habitants assez de nourriture et la famine serait vaincue. Ce mage, en raison de ses évidents mensonges, fut fouetté et renvoyé du palais. Le cinquième mage conseilla à l'archiprêtre d'organiser des feux d'artifice tous les soirs ; les habitants regarderaient ces feux et ils en oublieraient la famine. Ainsi, le problème pourrait être résolu à bon marché. Dans ce même ordre d'idées, le sixième mage proposa d'organiser des fêtes foraines, alors que le septième déclara qu'il vaudrait mieux ne plus tant parler de nourriture et d'arrêter ces bavardages, dont le sujet était de très mauvais goût.

Le huitième mage, celui qui prédisait avec de l'eau, fit quant à lui une déclaration bien différente de celle des autres mages :

— Le résultat de mes études, dit-il, m'a convaincu de l'irréfutable vérité suivante : il n'y a en fait aucune raison à lutter contre la famine. D'ailleurs, on ne peut lutter avec la famine, et même si on le pouvait, on ne saurait pas pourquoi on devrait le faire, et si on savait pourquoi, il ne faudrait en aucun cas le faire.

Ce dernier conseil plut à l'archiprêtre. En y réfléchissant de plus près, il comprit qu'il n'y avait aucune raison évidente de lutter contre la famine. Mais, comme il devait indemniser avec de larges honoraires les mages (même celui qu'il avait fait fouetter), il exigea de lever un nouvel impôt sur le peuple. Il fit savoir que c'était un impôt destiné à la lutte contre la famine. Il ajouta, pour lui-même, qu'il en était réellement ainsi, car les impôts permettraient de payer les mages et grâce à cette récompense ils ne souffriraient pas de la faim. Ainsi, les impôts servirent à lutter contre la famine parmi les mages, qui en effet étaient eux aussi partie intégrante du peuple lailonien.

Mais, comme il y avait encore en Lailonie, une fois déduit les mages et l'archiprêtre lui-même, un certain nombre d'habitants, l'archiprêtre estima qu'il fallait trouver pour eux aussi un moyen de lutter contre la faim. Il se rendit compte qu'en définitive les conseils des mages n'étaient peut-être pas si mauvais, surtout si on les appliquait tous ensemble. En conséquence de quoi, il émit un manifeste qui avait la teneur suivante :

Mes chers Lailoniens ! On m'a rapporté que vous souffrez de la faim. J'ai décidé de vous aider. En tant qu'archiprêtre, je vais proclamer les moyens pour lutter contre la famine et je vous demande de vous y conformer. En premier lieu, prenez plus de nourriture. Ensuite, réduisez la taille de vos estomacs. Troisièmement, qu'une personne sur deux quitte le pays, il y aura ainsi plus de nourriture pour ceux qui restent. Enfin, nous allons organiser des feux d'artifice et des fêtes foraines. Si vous appliquez à la lettre toutes ces directives, la famine ne pourra plus vous causer de misères.

L'archiprêtre avait résumé ainsi les conseils des mages et il comptait sur le fait que, pris ensemble, ils auraient l'effet espéré. Il avait certes omis le conseil du quatrième mage, mais il pensait que les autres seraient suffisamment efficaces.

Grand fut donc son étonnement quand il remarqua qu'après la proclamation de ce manifeste, la famine ne fut pas éradiquée. Il se persuada que le peuple traitait ses recommandations avec une parfaite indifférence et il se décida à les punir pour leur désobéissance. Mais là aussi les Lailoniens restèrent impassibles. L'archiprêtre se plaignit beaucoup de l'ingratitude du peuple et il décida de ne plus s'occuper des affaires de son pays. Il déclara qu'il partait en ballon chercher les serruriers disparus, ceux qui jadis s'étaient envolés dans le ciel pour découvrir le robinet qui fuyait. Il s'assit dans le ballon et disparut dans les airs ; mais, une heure plus-tard, descendit tout à coup un autre ballon, dans lequel se trouvaient les quatre serruriers, qui pendant si longtemps avaient été tenus pour disparus. Beaucoup de monde se rassembla pour les voir et écouter leurs aventures. Les serruriers racontèrent qu'ils avaient en vain cherché le robinet par lequel l'eau s'échappait et inondait la Lailonie. Ils ne l'avaient pas trouvé, mais ils s'étaient empêtrés dans les nuages, et ils s'y étaient tant embrouillés qu'ils durent patienter longtemps avant de pouvoir se dégager. Ils demandèrent quelles étaient les nouvelles sur terre et furent fort affligés d'apprendre que l'archiprêtre venait de partir à leur recherche.

Quant à l'archiprêtre, il n'avait laissé aucune trace derrière lui. Depuis qu'il s'était envolé avec son ballon, plus personne n'entendit de propos vraisemblables à son sujet. Mais, aussi bizarre que cela puisse paraître, aussitôt après son départ, la famine s'était éteinte. On ne sait pas pourquoi, mais elle disparut tout simplement, comme beaucoup d'autres choses dans le monde.

Les habitants de Lailonie réfléchirent longtemps à cet étonnant concours de circonstances. Certains pensaient que l'archiprêtre, grâce à son exil, avait provoqué l'extinction de la famine. Ils se mirent à écrire des poèmes laudatifs en son honneur. D'autres pensaient au contraire que si le problème de la famine s'était résolu avec le départ de l'archiprêtre, cela signifiait que la présence de celui-ci en avait été la cause. Ils écrivirent de méchantes diatribes à son encontre.

Deux camps se formèrent en Lailonie, les défenseurs de l'archiprêtre et les ennemis de celui-ci. Ils s'acharnaient sans interruption les uns envers les autres et consacraient tout leur temps aux discussions et aux disputes. Tous participaient à ces débats et personne ne se laissait persuader par l'adversaire. Ainsi, ces querelleurs de Lailoniens n'avaient plus de temps pour travailler et ils négligeaient de labourer et de semer leurs champs. Plus personne non plus ne travaillait dans les ateliers et les fabriques. Le résultat fut qu'une nouvelle famine ne tarda pas à éclater en Lailonie.

Heureusement, à ce moment-là, un nouvel archiprêtre avait déjà été nommé.

TABLE

A la recherche de la Lailonie   7

Les bosses	19
Un conte sur les jouets	31
Un beau visage	37
Comment Gyom devint un vieux monsieur	47
Un homme célèbre	57
Comment le dieu Maior fut détrôné	63
La tache rouge	75
La guerre avec les choses	85
Comment fut résolu le problème de la longévité	93
Des bonbons révoltants	109
La dispute	117
Un petit conte sur une grande honte	125
La grande famine	135

Achevé d'imprimer
le 15 mai 2015
pour le compte
des Editions de L'Aire SA, Vevey

Imprimé en Europe